假期 × 赏云的悠长

郭子鹰 作品

GUANGXI NORMAL UNIVERSITY PRESS
广西师范大学出版社
·桂林·

在感知力最强的年纪，去你最向往的地方——这是珍贵的天赐，宛如极光与流星雨同时降临在夜空。哪怕只是凝视那里的一片云，也会让人内心升腾着不问来由的幸福。（古巴　哈瓦那　海滨大道）

何时何地，我们观赏过云堆！何时何地，我们放空过自己！何时何地，我们忘却过自己的麻烦，真正设身处地分享过别人的悲喜和天气！（匈牙利　布达佩斯）

有多少良辰美景，就有多少余愿未了。灯火阑珊和蓦然回首，未必总是出双入对。（意大利 五乡地 马纳罗拉）

目录

【遇见】Encounters

【留白】Negative spaces

【心念】Yearning

[国 度] Countries

〔 插曲 〕 Interludes

〔 跋 〕 Epilogue

Encounters

①

遇见

（古巴　哈瓦那　海滨大道）

你在路上遇见的人，可能会改变未来的你。但是只有今天的你，才能决定脚下的路延伸到哪里。今天是昨天的明天，而明天，也不过是后天的昨天。

在象山脚下，幽兰色的微曦晨光里，微风吹拂着波浪般摇曳的水上花海。奇妙的雨林气息，暗香阵阵，使往事遥远，使期待强烈。（斯里兰卡　雅拉保护区）

试着慢慢生长，像斯里兰卡的雨林一样

又慢又好，心生暗喜的旅行

试着设想一下：世界是一颗蓝色的星球，在这个星球上到处都是你所钟爱并且身在其中的花园和社区，一次交通革命让出行变得无比便利，南北两极转瞬即到——帕劳突然变成了你的游泳池；锡耶纳或者成都，会是你的厨房和餐厅；安第斯山麓的凛冽冻原，变得像是你每天从后窗望见的风景……如果那样，斯里兰卡就一定可以成为你客厅里那把最舒服的扶手椅——它掩映在菩提树的一小片绿荫下，你抬头望去，浓荫如盖，神秘的鸟儿在头顶的枝叶间出没，在清晨和黄昏婉转地歌唱。好朋友来时，你最愿意邀请他们在这把椅子上坐下来，递上一杯好茶，一起抬头欣赏这雨林上空的云翳。

这个岛国，有种慢悠悠、与世无争又自成圆满、幸福感充沛的气质，有佛缘，有季风，四季飘香，雨量充沛，林密花繁，海水通透。还有一点我最中意：它有种魔法，能让我不知不觉慢下来，能让我

枝头摇曳着行踪不定的五彩羽翼。这里是雅拉，斯里兰卡的雨林秘境。（斯里兰卡 雅拉保护区）

感受到时光在树影进退中流逝，却不觉失落反有暗喜。我觉得这就是旅行最美妙的治愈力。唯有如此，旅行才真正到达它的目的地。

又慢又好的旅行，常常不是在找什么，而是在不求回报地等什么，比如雅拉雨林中花豹的身影。之前，我已经造访过斯里兰卡三次，但仍觉得留有为数不少的遗憾——雅拉保护区的花豹寻而未见便是其中最令人念念不忘的一种。去斯里兰卡，首先是为了那里的花豹，其次是为了那里依山靠海的幽深雨林与热带花卉并存的奇妙自然环境，以及世界上独一无二的“会做菜”的大象。

“会做菜”的大象

在我听来，斯里兰卡人说的僧伽罗语轻软悠扬、余韵绵长、调性欢快，仿佛总带着隐约可闻的背景配乐，抑或是丛林里婉转的鸟鸣。

在僧伽罗语里，孔雀的发音是“莫娜拉”，花豹的发音是“帝维雅”，爱用泥水化妆打扮自己的亚洲象则被叫作“阿雅拉”。斯里兰卡人还俏皮地把自己的国家叫作“我们兰卡”，所以斯里兰卡的亚洲象，从僧伽罗语音译成带舶来语的中文，可以表达成“兰卡阿雅拉”——好一番妩媚的小清新！如果你试着诵读这个短语，便能体会到那种让唇齿协同配合，并发出轻快节奏和音律的愉悦。

尽管大象本就是这颗蓝色星球上的亿万生灵当中极其聪明、极有灵性的存在，但是它们当中独特的一族——斯里兰卡亚洲象，还有一项全球其他地方的大象都很少能掌握的生活技巧——要说起来，简直可以叫作“品味”或者是“情调”，那就是料理食物。其实说它“会做菜烹饪”，都未尝不可。

这次兰卡之行，因为我们对此早有耳闻，所以一直在目不转睛地欣赏它们的“厨艺”。看到精彩处，彼此相视一笑，异口同声地说道：“田园沙拉！”越野车上我们那位黑瘦精干的当地向导苏岚金听了之后，捂着嘴低声笑道：“说到做菜，每个中国人都是专家！”我们小心翼翼地说着话，生怕惊动了正在教圆滚滚的小象“做菜”的母象们。

雅拉大象的“厨艺”，似乎很讲究口传身授与母子传承。（斯里兰卡　雅拉保护区）

“做菜”之前，大象们会把要吃的新鲜草料先踩踩，让它们变软之后再拨出来，用鼻子抓住茎叶在地面上或者是附近的树干上敲打，然后在空中甩上几下再送进嘴里品尝。虽然周围的空气被它们弄得尘土飞扬，仿佛有云遮雾罩，但是我相信它们觉得这样做，能使新鲜的“蔬菜”吃起来口感更好。同时，作为一个摄影师，我觉得亚洲象巨大的身体被尘雾笼罩,仿佛金光护体的画面更有戏剧性。有动物行为学家研究过兰卡象的这种独特行为，但是多年以来，他们始终没有得出一个合理公认的解释。有的学者把这种行为的动机推了出来，那就是能减少泥沙进嘴的数量，减缓兰卡象臼齿的磨损。虽然言之有理，不过想想看：兰卡的大象会对臼齿磨损速度有一个明确、清晰的概念，并且推导出解决磨损问题的具体“养生方法”，这恐怕有点儿聪慧得令人生畏了吧?

我在津巴布韦的万基国家公园遇到过举着长鼻子过马路，为象群拦住过往车辆、开辟道路的“交警象”，在尼泊尔的奇旺保护区遇到过帮助坐在它们背上的游客捡拾防晒霜的“绅士象”，现在又在斯里兰卡的雅拉国家公园遇到了会处理“蔬菜”的“厨师象”。重要的是，这些大象的“类人化”行为都是发生在野外而不是马戏团。当时的情境都让人相信，这些举动是出于自发自愿，既真实又很自然。作为目击者的我当然会想：那些长期生活在野象出没的丛林或者草原上的护林员们，还会目睹多少超越我们想象的灵性时刻！大象的智力和情感，还有多少种令人惊喜意外又会心一笑的“戏码”，在等待着我们这些自以为是、小看同一星球上其他生灵的愚钝人类去发现和见证！

如何享受一片真正的雨林

我迷恋雨林的声响，就像我迷恋雨林的气息。那些在旅行中不经意闻到的不知名的花香和热带水果成熟的气息，会带给人无声的震动和奇妙的感触。这样的震动全然不同于你看见冰川在眼前崩溃，或者听见千百只角马跳下河岸时发出低沉轰鸣的声音，而是更类似于你辛苦跋涉了一天，在当地民居廊下昏黄的灯光里，不经意间沉沉睡去的感觉。那时，我感觉每一寸皮肤、每一个毛孔，都渗进了荧白色的夜雾。那些雨林的声响，那些神出鬼没、不知何来也不知所踪的树木枝叶晃动的声音，会给人带来无尽的联想和揣测：是长臂猿、林猫，还是犀鸟或者孔雀?

孔雀的发音是「莫娜拉」，花豹的发音是「帝维雅」，用泥水化妆打扮的亚洲象是「阿雅拉」……悦耳动听的僧伽罗语，无法不让人感受到清新、神秘又深邃的雨林气息。（斯里兰卡　雅拉保护区）

孔雀长翎，从菩提树浓荫如盖的枝头一直披拂到树腰，气势如王。领地是它的，朝阳是它的，清风明月、朗朗乾坤都是它的。（斯里兰卡　雅拉保护区）

随时随地有象出没——这里是它们的时空。（斯里兰卡　雅拉保护区）

的确，我在雅拉，在它们的原生环境中见过孔雀。这种让人觉得过于华丽而缺少真实感的鸟儿，当时让人感觉仿佛置身另外一个时空，全无违和感。巨大安然的孔雀长翎，从菩提树浓荫如盖的枝头一直披拂到树腰，让人感觉仿佛在觐见一位盛年圣主，领地是它的，朝阳是它的，清风明月、朗朗乾坤都是它的。它在正确的地方正确地存在着，自由也是它的。

在北京这座大都市的水泥石林里，你偶尔也能听到三两声鸟鸣，来自画眉、百灵或者八哥，但是听起来会让人感受到加倍的孤独和幽闭。那是生活在大樊笼中的鸟儿的歌声，格外凄凉。但是雨林中的鸟鸣，却让整个丛林加倍清幽，平添神秘。没有它，你会觉得面前不过是溽热天气里一丛无精打采的草木。有了这添幽之声，你便可以想象林中精灵的舞蹈，可以想象心灵安然自由的生命是什么样子。

随着时光漂流，我会淡忘很多喧嚣的夜晚，会混淆无数热情的交谈，但是我很难忘记丛林中的早晨。在越野车意外熄火、司机反复尝试之后决定稍事停顿的那一刻，天光未亮，昏晓难分，被惊醒的青蛙和孔雀发出几声啼鸣。这让我们恍然大悟：原来纯然绝对的安静，竟是如此悦耳，近乎迷幻！难道传说中的天籁法喜、物我同一的幸福感，就是这样吗？像一张突入相机取景器的、定格真实生活喜剧感的好照片一样，这种无声无息、无声无色的幸福感，是无法复制甚至无法讲述的。也许一个人的一生，只有天赐的一次机会，体会这样让人内心澎湃、幸福莫名的安静。

在象山脚下，幽兰色的微曦晨光里，微风吹拂着波浪般摇曳的水上花海，无数株水蕴草在天色未明的湖面上开放，浮花盈盈，如白星洒落，点点如雪。奇妙的雨林气息，暗香阵阵，使往事变得遥远，使期待更加强烈。

所有这一切——这些声音、气味、触觉、感动、想象甚至幻觉，都是雨林抚慰人心、治愈人们心疾的灵丹妙药。

“豹堵”的幸福感

在非洲，我看过多次“非洲五大兽”的现身，例如狮子扑杀斑马，或者它们扬起席卷草原的尘烟、一路冲刺去群袭长颈鹿，但没有“大兽”抵得上雅拉的花豹。雅拉的花豹让你知道什么才是俯视天下群雄的冷傲。所有肩扛手提长短镜头的摄影师，无论肤色和种族，在见到花豹露出影的时候，无不狂喜过望，瞬间降格成了一个大明星的“跟屁虫”，一群臣服于强大气场之下的“小狗仔”。

一开始，我还旁观偷笑觉得这情形有趣，但不觉间，我手中相机的快门，也像机枪一样，响得不比任何人次数少。那种节奏，简直让人担心相机会因为摩擦生热着起火来。

在雅拉保护区的一个多星期，居然有八次和野生花豹对面相遇的机会，其中一次花豹居然从容逼停了一列排成长队的越野车。它甚至从容大方、颇具挑逗性地在车队正前方卧下歇了个脚，造成了一场壮观的“豹堵”。而我们恰好在前面几辆能获得拍摄视角的越野车上——这运气好得让我感到意外。

雅拉的地形拥有天赐的优势，对于搭乘越野车寻找野外生灵的游猎观光客来说，这是完美之地。这片区域有高耸的石山可供花豹俯瞰自己的领地，在微凉的清晨接受早起的“大猫奴”虔诚恭敬的求见和朝拜。这里绵延开阔的海岸线上白浪翻滚、鲸鲨出没。海边红树林里建起的酒店面海的沙滩上，经常有大象和水牛光顾，运气好的观光客甚至会在餐厅的落地窗前目击散漫踱步、慢行闲晃的花豹。幽深繁茂的雨林更是为无数斑斓善唱的鸟类提供了完美的栖息地。观鸟者梦寐以求的最高目标，就是在这里目睹传奇般稀少、毛色瑰丽奇幻的斯里兰卡蓝鹊。密布其间的湖泊水塘，使千万生灵在盛夏酷暑里不缺水源。穿行在开阔的草甸和密林幽谷之中，越野车上的“镜头猎人”有机会在各不相同的环境背景下拍摄到各种精彩瞬间。他们可以相信运气——毕竟这里是全球种群密度最高的花豹聚居地。原住民和公园管理者的努力，让花豹王者仍然得以从容自得、自以为是地延续着它们统治这片土地的“王权”，保有着它们那份本土望族的贵气。

猎游（Safari）曾经是真枪实弹的猎杀，在大英帝国和后起的蓄奴殖民国家——美国的“上层社会”里，曾经是非常值得炫耀的一件事。

英国温莎王朝的两任国王——乔治五世和他的儿子爱德华八世，在19世纪末到20世纪初，兼任殖民地印度的皇帝之时，异常热衷狩猎。乔治五世（George V, 1865年6月3日－1936年1月20日）平生有三大爱好：第一是驾驶快艇（英国人称他是“水手国王”）；第二是集邮；第三是打猎。国王的消遣当然不是打打野鸭兔子，而是骑在大象的背上猎杀老虎。当时的印度，拥有全世界最多的孟加拉虎，所以孟加拉虎那时也被叫作“印度虎”。1911年，乔治五世驾临印度，猛虎的灾难岁月随即开始。在为期11天的狩猎活动中，一行人总共杀死39只孟加拉虎。英国国王打虎，既刺激

Wild life is our life. 这句话翻译成“兽命即吾命”也无不可。（斯里兰卡 雅拉保护区）

又毫无危险。他们骑着高大的大象，被成百的仆从簇拥着，先由当地猎人徒步搜寻并把老虎赶出栖息地，赶进事先布设好的围网，然后，他们只需手持威力巨大的猎枪瞄准射击即可，其他的脏活、累活、要命活儿全部由手下完成。

爱德华八世（Edward VIII，1894年6月23日－1972年5月28日，即著名的“为了爱情放弃王位”的温莎公爵），在位仅仅325天就宣布退位，不过他的猎虎热情却一直高涨。他继承了父亲乔治五世的王位，也继承了他热爱打虎的血脉——不爱江山爱打虎。

从19世纪开始，英国皇族、贵族、军人乃至各行各业的富裕人群，都是去印度打虎的狂热爱好者。那时的英国绅士到古老神秘的殖民地——印度旅游，回到伦敦后如果拿不出一张手持猎枪和死

雅拉的花豹最爱的娱乐是随时逼停、喝退那些亦步亦趋、不离左右的观光吉普，彰显它们的无上存在感。（斯里兰卡　雅拉保护区）

老虎的合影，简直就是耻辱。即便是被流放到印度的英国犯人，都要想方设法打一次老虎。1926 年，一个印度王公（Maharaja）邀请英国客人狩猎，大约动用了 300 人和十几头大象。从 19 世纪末到印度禁止猎虎的 20 世纪 70 年代，印度共有多少只老虎被猎杀已不可考。但从拉贾斯坦邦的一些王公的记录中可得知，他们猎取了将近 2600 只虎，而中央邦的一个王公甚至一个人就猎杀了 1000 多只。根据 2014 年世界野生动物基金会（WWF）的统计，全印度目前共有 2226 只老虎存活，只相当于当年一两个印度王公猎杀的数量。孟加拉虎，如今已经很少再被叫作“印度虎”了。

我们的确应该庆幸，斯里兰卡的豹群能够幸存，并且今天仍然兴旺地繁衍着。也许这得益于当年那些看似孔武有力、凶猛霸气的老虎替花豹挡了子弹。

猎游的真正乐趣是什么？这个问题的答案一直在变化。从英国殖民者和国王的骑象猎虎，到海明威眼中“乞力马扎罗的雪”，再到我们的摄影猎游，从名人显贵举枪猎虎炫耀拍照，到实弹狩猎为人不齿，再到 2015 年非洲狮王“塞西尔”被美国牙医帕尔默猎杀广受谴责，以及后来“美女猎手”晒图展示各种猎物遭到鄙视，猎游一路从“掌控、征服自然的宣示”变成了渴望“被自然包围的向往”，从内心缺少安全感、自然观的幼稚阶段的西方式“致敬勇气”，逐步转变成物我同一、天人合一的中国式“致敬自然”天人观。这不能不说是成长——虽然迟缓，但好在这种成长，正被越来越多的人认同。

在雅拉，斯里兰卡人也给出了他们自己的答案。我们看到一辆猎游吉普车的车尾写着这样一行字：“Wild life is our life（兽命即吾命）”，这当然是他们的肺腑之言。

这次的兰卡之行，最让人心跳如鼓的瞬间当然是与花豹面对面的时刻。但是另外一个瞬间——一群野鹿和一群豺直面相对的时刻，同样令人没齿难忘。我相信正是那头雄鹿坚定的凝视和不退却，使三只豺最终放弃了猎杀的预谋。即便这群野鹿最终仍然会葬身豺狼之口，但这个瞬间，也足以被见证它的人类激赏铭记。

一群野鹿和一群豺直面相对的时刻，令人心跳如鼓、没齿难忘。我相信正是领头雄鹿坚定的凝视和不退却，使三只豺最终放弃了猎杀的预谋。（斯里兰卡 雅拉保护区）

特立尼达的雷云秀及其他

“在古巴特立尼达那个雷云翻滚的傍晚，我差点儿被闪电劈中。不知道是不是因为这个，我突然明白：想获得安全感，活得内心强大且能安心享受慢生活，要先做到不怕输给别人。”

在北京，想要慢下来很难，无限接近不可能。而在古巴，想要快起来却很难，一开始，这着实让人有些愠怒和抓狂。但过了一两周之后，我开始舍不得这种坦然怡人的慢：它不仅让人想起从前的我们，而且让人活得心安。这是古巴的一路慢行送给我的最好礼物，它养眼润心。

北京，从前慢过，相信很多人都无缘得见过。我很想描述一下彼时光景，并不忌惮透露自己的年龄。那个时候，有很多东西，挺有营养；有挺多的人，活得心安。这一点，如今真的很珍贵。很多时候，我们活得缩手缩脚。我们满腹焦虑，总觉得有什么不好的事情就要发生。这种时候，最适合回头看看远逝的风景。

从前，人们的夏天是从早花西瓜和大久保蜜桃开始的，并在暖

特立尼达是座小山城，空气透明，一眼望到天边，在多云的天气里最美。（古巴　特立尼达）

水瓶里装着的散装生啤中迎来高潮，直到中秋节的巨峰葡萄和五仁月饼端上桌，才告一段落。如今这些食物都已经过时，而且几乎遭到抵制，只供怀旧和念想，但它们却出其不意地温暖过一整代人的回忆。那时候，季节对于人们有很多意义。除了节日里的食物，季节的变化还带来了新鲜感和新的话题，人们总会为这种变化而内心兴奋。正是这些连缀全年的小兴奋，让人们的笑容干净、招呼热络、关系简单而紧密，同时也让人们活得安心。

小时候，我是学校气象小组的成员。我不知道现在的学校里是不是还有这种课外小组，但是无论当时还是现在，我都觉得这种气象小组挺好的，甚至有点儿神秘、冷峻、高级酷。这个课外活动，虽然有点儿呆板和笨拙，但让孩子们做做那些大人们做起来都觉得难以坚持的事情，不仅仅是为了讨小孩子高兴，而且是为了让孩子在小事里体认一个农业国对天气物候的敬畏之心。这似乎更能历练出孩子性格的底色，就像间苗催促拔节一样，加速他们的成长。

那时候，我经常在周日的早晨或者蝉声焦躁的暑假，急匆匆地赶去学校操场一角的气象站，打开百叶窗门的温度计箱查看枯燥的“干球温度计”和“湿球温度计”，然后再查看用头发做成的湿度计，记录下变化微小且趋势神秘的数据，最后查看测降雨量的集雨桶——通常情况下，最多只会发现一两只不走运的飞蛾或者甲虫。

在我“科学小少年”的单调却也满足的课外生活里，也发生过一两件“惊天动地”的大事儿，比如去中国气象台实地参观如假包换的气象学家如何工作。

至今，我仍对那时的北京有着清晰锐利的画面感记忆。记忆是无尽神奇的东西。不知道为什么，我的第一帧图像记忆，偏偏是从

人生的闲适可以分为两种：一种是小时候暑假里漫无目的地在水边捕捞水生物可以逍遥度过一整天；另一种是有权利在长大以后翘班一天去最近的河边钓鱼。世界一流企业的《员工守则》里，怎么能少得了后边这条？
（古巴　西恩富戈斯）

那时开始的。我记得那时的北京，刚刚有了立交桥，但是桥面上几乎没有车辆。最有存在感的是北京标志性的红白两色大公交车，如今已经见不到它们的身影。那个时候，坐着漂亮大气的公交包车，飞驰在几乎空荡无物的高架桥上，看着身旁楼顶与桥面平齐的砖红色楼房寥落稀少，天空是无边铺展的蓝色，若不是那仅有的几朵白色高积云的点缀，你几乎看不出天空的景深。视线可以肆无忌惮地飘移。那时如风的少年，可以想象任何一种未来的可能性，不需要翅膀，思绪也会莫名亢奋地扶摇直上，向着硕大无比的高积云，穿过它平平的云底，滑过它立体感很强的棉花状云顶。那个时候，我第一次感到，生活的终极神奇是在未达目的地之时。在那些让内心无因激动的片刻，在那些可以让心的翅膀释出樊笼自由舒展滑翔的时刻，在思想不被目的束缚的时刻，自由和灵感的天使，会一起降临……不过现实很快就给那时少年的我，上演了一出充满喜感的反转剧。

一群朝圣者般的气象小组学童，被一个完全超出他们想象力负荷的消息敲心震撼着：气象台的科学家们，会从日本的“葵花号”

卫星下载遥感卫星云图——学童们竟然有机会看到大气层外的东海云团的样子！在20世纪80年代，一个距离互联网还有十几年的时代，这无异于亲历太空旅行的心理冲击。

在苦等了半天之后，慢吞吞的日本“葵花号”气象卫星，终于矜持而又孤高地发来了无比宝贵的气象资料。但是当着一众屏息翘首的学童面儿，从怪叫着的打印机里吐出来的，却是一张模糊不清的日本牙膏广告。

那时候，我从没想过去质疑科学家做事情的动机和严肃性，只是觉得自己年纪还小，不能了解一张牙膏广告的科学价值。

不知道现在的学童是否还会一样被老师领着去参观气象局。不过可以肯定的是，现在气象局的专家是完全不需要再去接收什么“葵花号”卫星发送来的牙膏广告了，这点万分肯定。

那些瑰丽的云堆，形状赏心悦目，让人向往向它飞去，凌驾其上，融化其中。（古巴　特立尼达）

仿佛打开了穿越今昔的如意门一样，再次回忆起这一切，是在古巴的城际巴士上。巧得很，这些大巴是中国制造的，一如当年穿行在北京空旷街道上的红白色方头公交车。

古巴的宇通客车联通全岛，设施完备，空调凉快。最棒的是坐在空调大巴里，静静欣赏高天朗云。碧蓝如海的天空，漂浮的云朵和变幻的天光，天使再临一般演出，胜却人间无数。人们只有这样被迫慢下来，才会意识到平素错过了多少养眼又养心的精彩戏码。

在古巴的小山城——特立尼达，我们有幸遭遇了一场傍晚雷云秀。

你可能无法体会到我仿佛时光倒流般恍惚的穿越感，但是你能明白并用感官体验那种沉浸在含氧量极高的清新空气中的清醒感。

我思路开阔，头脑活跃，既为天神降临、外星人抵近般的电影画面感而兴奋好奇，又有种被悬疑小说漂亮的开篇彻底攫取的沉浸感，而且深深为个性鲜明的主角那疑云重重的前途命运莫名担忧。那种好故事的开场感，就是我那时的感受。

知道我喜欢悠悠晃晃，我的朋友经常问我："你最喜欢哪儿？"也有人问过我："旅行中最难得的是什么？"这些真是金子般闪着光的好问题，因为它们几乎趋近了旅行的皇冠明珠和藏宝洞穴。

我觉得旅行当中最宝贵的经历是"好天气"，那种"让人瞬间突然变聪明的天气"。

这种天气来了，作家会遇见缪斯，厨师会发明新菜，特技飞行员能做出比平时还要多一个 G 力的机动动作，作曲家想出的旋律和

干净的白床单，还有满天缓缓移动的无边铺展的纯净蓝天，就足以让人飞到遥远的加勒比海中央。（古巴　特立尼达）

乐句连他自己听了也会潸然泪下，斐波那契和爱因斯坦的那些古怪难懂的数列和理论，应该也是在类似的特定天气出现的日子里闪现的灵光。无论什么人，在旅途中遇上这样的天气，都难免喃喃自语：“这可真是没有白活一场！”

我遇到过的这种“灵感天气”，几乎都是出现在旅行之中——在布拉格、古巴、约旦、斯里兰卡，只有一次是在 2008 年 5 月 5 号雷鸣电闪的北京。其中自是有其科学道理，比如负氧离子浓度或者体感舒适度之类，但是即便某个好事的运动医学教授将其中的关联破解出来，我相信也不会因此而多出现一个达·芬奇或者波伏娃。

这其中的逻辑其实很简单，但也颇有点儿玄机：也许并不是某种天气或者说“天机”触动了一个人的灵感之弦，而是我们每个人本身就有成就些什么的天赋灵感。也许我们在奔忙的生活中用掉了

几乎全部的有效时间，仅仅是为了求个生计温饱，把灵感、天赋全部都用来谋生、占有，只求不落人后、衣食有着，但是几乎从没想过用自己隐藏的天才来创造些什么，为世界增加一点儿前所未有的东西。抹去我们的光彩天才，让它无法被启发、无法有所创造、无法闪光的，很可能是我们太想要“和别人一样”，甚至仅仅是因为害怕“和别人不同”的孤独感。它让我们不敢有所作为，不敢有所创造，不敢与众不同。这种虚假的，对孤独感的恐惧，才是最可怕的天才杀手。

“君子和而不同，周而不比。”这话是孔丘说的，大概是在两千四百多年前了。我想尝试着把这句话引申翻译一下：所谓成熟，是求同存异，而不盲目从众；所谓成熟，是心胸开阔，但能拒绝攀比。孔丘说得不错。既不盲目从众，又不哗众取宠，这根平衡木在我们的网络时代走起来，似乎倍加不容易了，失足落下者如浩浩大军，不可尽数。为了有所归附的虚假安全感，我们放弃了独立思考和理性分析。

那天的黄昏，我们就那样穿着迎风狂舞的白衫，直愣地望着天边，并肩看着无限远的地平线那头。太太问我：“你以前见过这么多种类的云吗？”我回答：“我妈妈的小名叫‘巧云’。那时候的人们认为阴历七月是观赏巧云的季节。我到现在才明白，云彩究竟是怎么个巧法。”

我们相视而笑，然后继续目不转睛地看着体量撼人的巨大积雨云像半空里的灯笼，被线条犀利的闪电从内部一再点亮，一下，两下，三下……数到第二十四下的时候，我们都知道这是在见证传奇——传奇般的天气，让人恍惚地认定那闪电永不会停止触发云朵。我们背后是森然怪兽般送出阵阵阴风的巨大山形；而面前，却仿佛是一面无缝巨幕，是不断上演着魔法的色彩奇幻的雷云秀场。那些瑰丽的云堆，形状赏心悦目，让人向往向它飞去，凌驾其上，融化其中。

白驹过隙般的人生，见过了如此这般的雷云灯笼、穹庐幻景，还有多少事不可以一笑而过？

挪威公路和宫崎故事的女主角

这是我从朋友那里听来的一个北欧故事，不过很多细节可以和我在北欧的旅行经历相互印证。

他们夫妻俩，看见蓝色的薄雾如轻纱围巾一般飘过湖面，朝阳初升的时候，被描上藕荷色的镶边，进而转成粉红色。曾经被它掩映的大片金黄色秋叶，在青雾之纱随微风缓缓移去之后，会心微笑般渐渐显现……北欧清冷却充盈着幸福感的秋天景色，无言真切，回味清晰。这样的场景，我也见过，并且同样一见难忘。

令他们夫妻俩难忘的是，在他们多次重访挪威之中的假期里，曾在一段高速路上有过三次奇妙相遇。

夫妻俩先是在那条路上碰上“百年一遇”的修路场景。三台机器怪兽般在北欧清冷的时空里喷吐着谜一样的云雾，并驾前行。专心开着租来的四驱车的老公，突然被什么场景吸引了——原来三部施工机器上操着方向盘或者驾驶杆的是三个北欧姑娘——长腿，金发，蓝眼睛。其中一个，工作服胸口的拉链上还晃荡着一只白色的毛绒河马。

晨雾撩过挪威峡湾。（挪威 哈当厄尔峡湾）

没开多久，夫妻俩就在热络的聊天中听到由远及近的警笛声——他们因为在空旷壮美的平直快速路上长时间驾驶，忽略了车速，被警察截停了。从酷炫警车上轻盈地蹦下来的是一个长腿女警，再一次让他俩不淡定了。“不仅是这家伙，连我都觉得那真是个漂亮的女警！”太太也这么说，捎带着竟有点儿脸红了。

“三连击”的最后一击很快到来。超速被抓的两人没开多远就需要再度减速了——四下无人的穿林公路上，赫然躺着一头硕大的雄鹿的尸体！鹿角有七个分叉，可以看出雄鹿正值壮年。尸体几乎占去半边公路，鲜血横流，脑浆崩裂，大小内脏四分五裂、横陈各处，现场极惨烈。肇事车辆应该已经被拖走，附近只停着一辆皮卡。他们这一路上遇见的第五位长腿的北欧美女正在形只影单地清理现场，设置路障，四处遍寻飞散的尸块。夫妻俩回忆当时的情形，是这样说的：“我们目瞪口呆地保持低速行驶，庄重肃穆地默默向死者和美女行注目礼，跟做梦一样缓缓飘过现场……”

直到他们在我家客厅里复述当时的场景，两人还仍然有点儿目光飘忽、神思迷离。

“真不愧是男女平等的北欧之国！”

“这些事儿，除了修路，在中国也有不少女人在做吧？”

“关键是，她们都那么高挑、美丽，还都是金发！”

男当事人说到此，被太太在深藏不露的六块腹肌上狠狠捣了一下。

“我觉得更关键的是她们的状态：既不像是挣扎求生的弃儿，更不像吊儿郎当的临时工。工作跟打工的区别就是，人在从事前者的时候感觉帅气，在困于后者的时候没精打采。”太太补充道。

“也不像是作秀或者行为艺术。”先生再补充：“现在没有女权运动了吧？至少国内没人稀罕。”

我一边听他们的故事，一边在心里琢磨着他们为什么被触动：估计是他们和那几位相遇的冷峻场所环境、斯梅塔那交响乐一样的寂寥氛围以及碰巧这三件事发生在同一时空——北欧冻原。这些因素增加了整个事件的戏剧性，多少有些扭曲和夸大了他们的记忆。她们也许只是普通的北欧女人、工作女性，但是所有这一切，都无损于她们的存在带给远近围观者的思辨乐趣。

想起多年前我置身北欧航空公司记者见面会的现场，曾有一位记者问了航空公司 CEO 一个关于“冻龄空姐”的问题，大意是北欧航空公司的空姐为什么普遍年龄偏大。我当时在想：这种问题在鸡尾酒会上半开玩笑地私底下问问还行。

“各位是想要每次半分钟左右的视觉愉悦，还是更想要一路上经验丰富、专业敬业的客舱服务？”我记得那个笑起来眼睛里满是赤子般天真的航空公司高层当时是这样回答的，他说得很真诚。

北欧女人的确是很有个性也很有启发性的一种存在。她们多半不像聚光灯下的女人那样衣香鬓影、犀利招摇，却隐隐闪出寒光，无时无刻不在努力放电并争取成为人群中的灯塔航标。独立而自在，美丽而不限于皮相、不惧时间、不在意自己的吸引力，时不常还流露点淡淡的、转瞬即逝的极夜族群的轻度抑郁，这才是她们。

“每个女孩都是公主。女孩生来就是要被照顾的，生来就是要被爱的。爱一个女孩就要爱她的一切，包括缺点……”这种睁眼说瞎话的洗脑，已经进行了上千年。纵观五大洲，它成功造就了万千不幸的家庭，轻松毁灭了本可以更加愉快顺滑的两性关系。但是，坏蛋们一直旁观不语，被骗的人却依旧津津乐道。

一个女人值得骄傲和自信的东西当然有很多，“胜过男人”远不是终点。“自安自在”是不是更让人向往些？朋友讲的夫妻俩的故事在这个时候看起来，正像一个奇妙的隐喻：女人也需要自己开路架桥，自己立规立德，自己收拾善后，自己振作向前，不是吗？

生在我们这样一个讲究颜值远胜其他的时代，是女孩子的不幸吗？或许，这更是男孩子的不幸？或者，不觉得自己不幸，就没有不幸？

宫崎骏老头很有名。不过他的作品有个共性，估计很少被人这样仔细推敲、刨根问底：为什么他作品的主角都是情窦初开、纤细顽强的小女孩，而且常常是比男孩子更有斗志、更倔强、更坚韧，最重要的是比男人更有正义感的小女孩？估计这就是那个老头心目中对理想世界的长久期待和不变追求吧？当然，他最忠实长情的粉丝群和客户群，内心里多半和他的女主角有几分像。不过宫崎骏喜欢的绝对是拼命的女孩，那些有着奇妙的性格和内在并不断闪光的女孩，而不是拼姿色和心机的女孩。

宫崎骏钟爱的人也罢，远隔冰海的国家也好，爱上她们，都是一瞬间的事儿。看见这个瞬间的都是天使翼下的幸运儿，关键是要去看。

不知道你有没有同感，自打那次曾经沸沸扬扬的好莱坞编剧大罢工之后，美国电影就越来越乏味了。海量的片子要么是没故事，要么是反复翻炒老故事，各种续集眼看就要续出两位数来。最让我打不起精神来的变化是，他们不再塑造人物，而只是在批量制造特效：打完敌人打外星人，打完外星人打自己人，打完男人打女人，打完

哈当厄尔峡湾水平如镜，倒映着青山绿水，美不胜收。（挪威）

活人打死人。反正就是打，死活都要打。打就打吧，还总拉着广告一通乱打。好莱坞不再在乎他们的人物是否鲜活有魂，不再在乎他们的存在是否让人信服，更在乎的是能否刺激到观众的随便哪一根筋。正常不正常的，统统算数。问题是：看电影的人，你喜欢吗？

有一个电影瞬间，虽然平平，但是我爱。无巧不成书：那个片段存在的由头，也是旅行。

电影英文名叫 Bounce，直译成汉语是“退票”的意思，中文片名是“机票情缘”。这英文片名还真是让人赞叹起名人的勇气——全片只有一个来之不易的亮点，但是它亮得足以让我觉得整部电影的时间都在为这个瞬间做铺垫。

男主角是本·阿弗莱克扮演的倜傥广告人，自我感觉很膨胀的

一位警察乐队的女指挥。（瑞典 斯德哥尔摩）

那一类,因为要赴一次临时起意的露水之约而放弃了大雪夜的航班。女主角的丈夫因为上了那班飞机而成了亡魂。她自己拉扯两个熊孩子，手脚并用地售楼卖房，还得降服一条掏心黑虎一般的巨狗……

这两个天上地下、云泥之别的人物，有一场餐厅约会戏。一瞬间的细节，让女主角顷刻间带上了宋朝木造观音和青州石佛像的背光以及敦煌飞天的飘带。

其实餐厅很普通，连半根蜡烛都没有。她的穿着也极普通平常：合身的蓝色牛仔裤和让人记不得样式但是随口一说人人都能想象得出的白衬衫。顺便交代一个其实不重要的细节。那是恍若隔世的2000年，女主角的扮演者格温妮丝·帕特洛跟阿弗莱克还都青葱稚嫩着呢！她看见一位穿着隆重妖娆、显然是和爱人一起来餐厅经历某个“人生重要时刻”的美女款款走过，其时正有一位女服务员站在她和阿弗莱克的桌边举着纸笔听他点菜。格温妮丝突然看见走过身边的美女高跟鞋底下粘着一张长长的纸巾，狼狈却不自知地继续走她的妖娆台步，自顾自清风拂柳、喜洋洋霞映花枝，尴尬的下一秒即将轰然发生,马上就要坏了有情人的好兴致……说时迟那时快，阿弗莱克看到格温妮丝突然俯下身，低头从女侍者伸开的胳膊底下钻了过去，像钻过牧场篱笆的兔子一样轻盈灵活，瞬间若无其事地站定在女人身后恰到好处的位置上，伸出长腿，果断踩住了纸巾的另一头……

替杨柳花枝解好围，她同样流畅地坐回椅子上，若无其事地把长发拨回左耳后。那一个短短瞬间，银幕内外都很安静。我相信她自己和观影的人内心一样会荡起幸福的浅浅波纹。

不过几秒钟，一句台词都没有，已然使这部票房惨淡的无名影片足够难忘——至少对我而言是这样的。我想，这细节很有可能来自某个专写噱头的二三流小编剧，这个场景也很有可能真的在他或者她的生活里发生过，或者说，至少他或者她可能看见过。也就是说，这世上真的有这样的人存在——他们的存在让世界变得更可爱了。

这也让爱情的降临有个让人信服的理由。

个性吸引被价值判断替代的时代，爱情不太可能开枝散叶；利益核算优先于人性光芒的时候，悲剧很可能正开始扎实地铺垫情节。我们看见，展示自己不是从她的 Mini Cooper 和维密内衣开始；我们爱上一个人，可以从一个映照出灵魂影子的小动作开始。

总有些人，喜欢流自己必须流的汗，花自己亲手挣来的钱，觉得那里头有无可替代的芳香气息；总有些人，喜欢做自己必须做的事，觉得那些坚持里有自己灵魂独特的影子。他们当中，自然有男人，也有女人。

唱针噪音

这世上恐怕没有任何一种产品的瑕疵，能像留声机的唱针噪音这样讨人喜欢。你不妨停下来想个半分钟。类似的状况，你想得出来吗？

留声机如果没有唱针噪音，还买留声机干吗？

那种在音乐响起之前和曲间停顿的片刻，像慢慢欣赏一件釉面开片的哥窑瓷器，像下雨天捧着的一本原本读不下去又慢慢看了下去的书，像坐着一把因为用旧了而磨出盈润包浆的靠背椅，像摔碎了盖子却仍然在使用的杯子，像背着被家里的猫磨爪子抓出爪印的牛皮挎包。它们都是增色的残缺，时间的礼物。

时间这玩意儿，只帮助有耐心的人，只给懂得坚守的人送去突如其来的幸福感，而且往往秘不示人；时间的礼物，你没法和别人分享，除非他们也懂得如何与时间玩游戏、和寂寞比耐心。

早在我刚刚迷上音乐的时代，留声机就已经被时代淘汰了。那时候，我还是个中学生，卡带和随身听录音机还受追捧，MV 还没出现。后来出现了昙花一现的MD，甚至在街头还能看见肩膀上扛着硕大双喇叭录放音机、自我感觉良好到爆表的年轻人，然后出现了MP3，人们听音乐的架势低调了许多。

但是，音乐真正改变人们心灵的，很可能不是曲风的变化、硬件的外观潮流，也不是从单纯靠旋律打动人到靠表演和作秀捞金的变化，而是快进、选曲和跳过这样简单的小事儿。

自从我能够在手机上听音乐以来，或者说自从有了MP3这个东西以后，我再也没有听过一张完整的唱片。选择的绝对自由让我经常对以前自己的耐心感到匪夷所思——我当时居然可以把整张唱片或者整盘磁带一首不落地听完，而且还要翻面！忘了我当时是怎么做到的，这实在不科学。

说实在的，我觉得最不可思议的是，当年经常和小伙伴们一言不发地坐在录音机前听音乐，别的什么都不做，完全没有用快进这个键。调到下一首？那时候录音机还没有这个功能呢！

现在，所有音乐都是背景音乐，都不过是其他事情的伴奏。而在那个时代，音乐唯一的背景和伴奏，是头脑中伴随着聆听而想象出来的画面和情境。

大名鼎鼎的村上春树经常把一个故事架构改头换面写个三五遍，估计是那几个故事的骨架他太喜欢了。这多少有点儿日本式的“自意识过剩”。不过，有一个我很喜欢的故事他只写了一遍，所幸只写了一遍。这个故事是《再袭面包店》。

故事说的是一个男人，在一个饿感难耐的夜晚，失口对新婚妻子说出自己在少年时代曾经和一个女孩子去抢劫一家面包店。顺便一说，村上春树似乎相当喜欢这种有点儿侠义又有点儿可怜身世的

有人觉得没有钱，是没法活下去的；也有人觉得，没有音乐或者弗拉明戈，简直生不如死。（西班牙　塞维利亚）

运动型少女。原因不得而知。不过每每塑造这种人物形象，村上做得都比较成功。在我看来，他塑造的人物形象，也大致只有这类女性可以称得上鲜活立体有实感。要说起来，宫崎骏电影里深入人心的人物，似乎也有这种共性。

那场少年时代抢劫案的动因，是彻底的贫穷和“毫不讲理、势不可挡的饥饿感”。

“抢成功了？”男主人公的妻子这么问。

事既至此，我只好扯下另一听啤酒的易拉环。妻子这人的性格，无论听什么，一旦听个开头，就非听到末尾不可。

“面包店主人是个古典音乐的狂热爱好者，那时店里正巧在放瓦格纳的序曲集。他跟我们讨价还价，说只要我们老老实实地把那张唱片一直听完，就允许我们只管把面包拿个够……因为这算不上纯粹意义上的劳动，而且又无损任何人的自尊心。我们就把菜刀和小刀塞进宽底旅行包里，坐在椅子上同店主人一起听了《汤豪舍》和《漂泊的荷兰人》的序曲。”

“要是当时店主人叫我们刷碟洗碗或擦窗玻璃，我们肯定断然拒绝，干脆一抢了之……那样一来，就应该没有任何问题了。”

“出了什么问题不成？”

“是的。”我回答，“不过也不是看上去有形有影的具体问题，只是很多事情都以那次事件为分水岭而发生了缓慢的变化，并且一旦变化之后，便再也无可挽回。结果，我返回大学顺利毕业出来，一边在法律事务所工作，一边准备参加司法考试，同时认识了你，结了婚。再也不想去抢面包店了。”

“这就完了？”

“嗯。如此而已。”说完，我继续喝罐里剩下的啤酒。于是六听啤酒全部告罄，剩下来的只有烟灰缸里宛如美人鱼身上剥落的鳞片似的六个拉环。

这是村上写的一个好故事。不过如果如此打住，似乎会让很多读者心有不甘。老道狡猾如村上，当然不会在此停步不前，不过那和唱针噪音无关，留给您自己去寻来原作看个究竟吧。况且我想说的是耐心的力量，唱针噪音也只是背景音乐而已。

耐心改变一个人的例子，不少。其实不一定非要有古典乐伴奏才能产生疗效，唱针噪音什么的，也自是可有可无。我听过一则真实世界里来自朋友的美谈。说的是，他儿子高考前背书效果不佳，

卡门工作过的烟厂，现在是塞维利亚大学的图书馆。（西班牙 塞维利亚）

于是耐心且有创造力的母亲想了一个办法，每天在儿子睡下之后，小声地在他耳边反复朗读教科书上需要背诵的枯燥文字。结果，儿子竟然顺利考取理想的大学，而且成绩比以往提高不少。不知道是否曾经出现过某个有心有爱的心理学家，把这位母亲请去，好好做一番研究。我也很期待这个故事尚未披露的精彩下文，不知道哪一天它会以哪种出乎意料的方式横空面世。

就算整个世界好像都在喊打喊杀，我们是不是仍然可以耐心地听完一整张古典唱片？哪怕那不是瓦格纳！我们听完之后，是不是会突然发现窗外的世界，有所不同了？

在塞维利亚的街头，没有一处不适合闻乐起舞，就像北京人觉得，没有一个夏天不适合切开西瓜、摇起蒲扇，在街边邀请陌生人聊聊闲话一样。（西班牙　塞维利亚）

②

留白

不同年纪的人，在旅行途中会有不同的触景生情。旅行不仅能改变生活，更有自我治愈的功能。旅行是所有人的灵感天使，它能让时光逆流，让人们有重回年轻的错觉。

冰岛有无数个海湾，会在日不落的夏夜，用海风摇曳起鲁冰花的幽兰色波浪。（冰岛）

Negative spaces

象牙色的布达佩斯

布达佩斯绝对不是那种让温语一见倾心的城市。它几乎是使人抑郁的，像古典交响乐一样太过正经八百，太过犀利恢宏，甚至太过戏剧化和历史感。那种气息，必定会让有些闺中文艺女不经意联想到肖邦或者其他东欧作曲家，以及波兰哲人、小说家之类。但是温语对这些不太买账，说不上不喜欢，但是也没什么夸张的迷恋。她已经很久没有过迷恋或者投入了。

一座城市的中心地带，有一条大河蜿蜒流过，而且还是多瑙河，有令人无法不同情和齿寒的悲伤历史,河岸上有高耸的哥特式建筑，如何不让人黯然？有很多少女少妇、文艺女青年喜欢这种黯然，她们喜欢伤神的事情发生在自己身上。但温语绝对不是这样的女人。

女人之所以被期待，就是因为她们的不深刻和物质化。换句话说，男人就是喜欢浅薄简单和拜金势利的美妙生物。那哪是什么贤妻良母？那是男权社会里男人眼中的女人，又笨又乖，怎不叫人心生爱恋？“跟我无关。”温语心想：她心里暗自觉得父亲给自己起的这个名字非常好，温柔软语，心里有数，不争辩，自性清明。

清晨五点，布达佩斯整个城市还没醒过来，有着北京无法高攀的安静，丈夫刘立冬也还没醒。温语披着睡袍从落地窗向外望去。她很满意他们住的地方，复式，簇新，两个阳台，两个大浴室，还有一个桑拿房，阳台上有按摩浴缸，带厨房，位置就在安德拉西大街中段，半分钟就能走到歌剧院，下楼左转就是书店。书店楼上还有个漂亮的咖啡厅，装修风格好像是浓缩版的凡尔赛，而且镜子安装得恰到好处。

说到这酒店，温语觉得这是刘立冬十一年来最帅的表现，闪亮登场，焕然一新。

当初温语决定来布达佩斯的原因，现在看来，让她自己有点儿不好意思。她中学时候的闺蜜，生完孩子之后渐渐不太联系的陆薇，突然在微信里大晒特晒布拉格的美图。温语心想：布拉格早几年去过了，而且最近在国内很火爆，总是人满为患，所以还是去布达佩斯吧，显得特别些……其实，她越来越讨厌陆薇和微信，弄得人好像是不情愿又无法拒绝地参加了一届永不终结的奥运会。这些常常让温语无因愠怒，更想一个人待着。

让温语大感意外的是，她半赌气地跟刘立冬说起布达佩斯的时候，本以为他可能会问：“布达什么斯？”或者：“布达佩斯在哪儿？”可他居然马上接过话头顺口答道：“好，我来安排，先看攻略。”

温语清楚地记得，那天晚上在下雨，雷声不断。刘立冬说完“攻略”这两个无论是年龄段还是风格上都跟他完全不搭的字之后，随着一声轰鸣的响雷，她们之间那盏有点儿扎眼的意大利落地灯猛地忽闪了一下，像是刘立冬诡异调皮地眨了一下眼，太应景了。

布达佩斯的高塔河流、晨昏光影，都流动着象牙色的美妙光辉。（匈牙利 布达佩斯）

转念一想，他刘立冬，也是个经常出国谈判的“中国合伙人”，大事小事一般随手交给秘书，屁颠屁颠就给办好了。温语已经做好了入住香格里拉的思想准备，千篇一律，但毫厘不爽。

在机场看到那辆豪华礼车的时候，她知道自己猜对了，但是对刘立冬夸张的表现感到无以复加的意外。当她钻进香肠狗一般的加长礼车时，刘立冬的话让她更加意外：“真不是我订的，是网站安排的。”酒店的房型、位置是刘立冬选的，他还在房间里事先准备好了香槟。温语大感意外，甚至觉得有点儿吓人了。

“他刘立冬会不会有别人了？会不会要把我扔到多瑙河，让我成为失踪人口？”温语这么一想，突然觉得背后一阵阴风透骨凉。还好，她回头看的时候，只发现窗户开着，东欧的夜雨正一阵紧似一阵地打湿露台上的花花草草。她使劲晃了晃头，一头黑发飘扬如帜。

“飞得太久了脖子僵？”刘立冬突如其来的发问，倒又让温语惊到失语。一盏该死的镀金小台灯由下往上照亮了正在倒香槟的刘立冬的脸。温语吓得右手捂住猛烈起伏的胸口，语速极快地低声说：“拜托，能不站在那儿吗？”

刘立冬笑笑，什么都没说。

接下来的一天，让温语非常感谢那个陶艺教室的章老师。他们举办手艺夏令营。温语的一个客户是那儿的常客，客户跟她说了一大堆促销腔的话，老师好，环境好，小院很日范儿，做陶，植物染，木工体验，还给孩子上保险……只有一句最打动她：“我帮你带一个礼拜的孩子，你好和刘总出去走走。”但是温语还是觉得她说这番话时候的眼神儿让她不自在。

清幽少游客的城市，微凉飘雨的天气，无计划的漫游，多瑙河

未醒的街市。（匈牙利　布达佩斯）

常伴左右，让她有久违的放松感。有那么一会儿，温语觉得辞职回家，也许是个好主意。

他们等车的时候看见一对男女在用手机拍摄地铁入口金属扶手上的雨滴，凑得很近，不知厌倦地一直在拍。想必是因为香肠狗一样的加长礼车转弯超车都不方便，他们觉得等了好久。不过这次等待也因为这对戴围巾和眼镜的异国男女的存在而显得不那么烦人。

“他们可真悠闲，也好有兴致。”温语微笑着跟刘立冬说，口气有点儿戏谑。

“我们不也是？”刘立冬回答得非常轻松潇洒。

在布达佩斯他们租来短住一周的复式公寓里做早餐，甚至让温语觉得自己对厨艺重燃激情。谢天谢地，至少那会儿，温语不是那个无因愠怒的失欢中年女，现在也不是。

昨天的微雨变成了今天的大雨。彻底扔开导游书和网上的攻略，让温语多少有了点儿挥霍“青春余味”的自如潇洒。她感觉心情有种微妙的转变——每每看到大片灰色积雨云缝隙间似有似无的蓝天，便是这种感觉。

他们漫无目的地在一条市集街闲晃，仔细地端详粗枝大叶摆卖自己作品的艺术家摊位；在有屋顶的街廊下，看懒散地叼着烟的红头发姑娘，把手表的机芯取出来，改装，焊接，镶嵌成胸针、戒指，甚至是耳环。温语突然意识到：机械表的机芯里面，本来就有镶钻的哦！那些木偶面目诡异且苍老病态，实在和他们俩之间重新萌发的阔别已久的微妙心情全然不搭，温语有点儿避之唯恐不及地迈步跨进一家店铺。厚实的石墙后面，是看似颇有些年头的昏暗老店，看店的人是一群招人喜欢的年轻面孔。

“等您很久了！”一位面色红润的金发姑娘突然对温语夫妇脱口而出。

刘立冬看看身后，又看看温语，没多说什么。他拿出在古董店非常宽厚的笑容看了看店家，短暂，友善，又不失犀利。温语瞬间仿佛又谈了一次恋爱。

古董店的店堂布置得一如名称，非常古典，也颇具波西米亚风格。角落里还有三大两小不知什么动物的骸骨，有些骇人，但不失优雅，反显一丝神秘。很快，温语的注意力被橱窗附近铁艺玻璃展柜里的一样东西吸引了过去。展柜单独装了照明系统，铁艺的框架被打造成某种毒龙样的神奇生物，让她联想起巴塞罗那的高迪建筑，

布达佩斯是夜晚的舞者和反复重生的不安的精灵。（匈牙利　布达佩斯）

那些令人印象深刻的铁龙栏杆和扶手。

那是一只象牙胸针，端正地栖身展柜正中的蓝色软垫上，默默经历了时间的磨蚀。温润的象牙上虽然少不得有几条深棕色的裂痕，但是精美细致的雕工在象牙上呈现出来还是令人惊叹，忍不住凑近展柜仔细端详。作者似乎在坤表大小的一块牙板上雕出了一整片雨林，奇花异卉、鸣禽瑞兽不一而足。目光流连其间，仿佛有种强大的谜一样的引力，要把观者轻柔却又无法挣脱地带往另一重世界。轻薄镂雕牙板另一面是绮丽天地。正中，轻柔的花瓣和藤蔓，拱卫着一个名字：Elisa。

猛地抬眼，温语突然撞见了两双眼睛的注视，刘立冬和那个女店员。三个人不约而同地将视线重新放回胸针所在的那一小簇谜一

老房子的故事，只有在被歪曲解读的时候，才真正容光焕发。（匈牙利 布达佩斯）

样的光芒中央。

直到店员用仿佛听不见的声音低声细语道：“她在等着，已经很久。”

“相信你是说她在等待喜欢她的人。”刘立冬的声音低沉，但在温语听来，却像是拯救骑士的声音。她当真有点儿希望有一个世俗的声音和解读，把她从冷雨街头诡异的气氛中拉回来。

温语不失时机地读了下价钱。刘立冬用中文补充了一句：“买一件有别人名字的古董，感觉有点儿怪，尽管挺有故事感，工艺也确实出众。”他恢复了普通商人的表情。

“象牙制品，还是留在这儿当镇店之宝比较好。”温语及时配合，给出了听起来非常合理、无法不拒绝的理由。与其说价格是问题，不如说神秘的气场才是。

他们相视而笑，各自会意，各有悲欢。

但刘立冬的一句“充满故事感”，让温语惊觉余音绕梁，久久挥之不去。突然想象力爆发的她，几天里反复忆起故事种种可能的发展，有的悲伤，有的绝望，有的甚至血腥，唯独没有一种是单纯的甜美。温语夫妇继续在布达佩斯漫游和浏览，但所过之处，布达佩斯的高塔河流、晨昏光影，都流动着象牙色的美妙光辉。

最后一个半天，刘立冬照例在当地高尔夫球场约了一场球。半天来回，标准的商务行程，仍然让温语倍感无聊。她又独自兜兜转转，假意无心、制造巧合地路过那家店前，偷眼看了展柜半秒中，虽然看不到正面，但是她相信，Elisa 还在等待。带着那种似乎有点儿危险的魅惑，虽然她等不到我，但是的确很让人心生遐想，让温语忍不住回忆起自己少女时代写作时的专注和内心的波澜：美，却无用。

温语自顾自地会意地微笑起来。她觉得自己那一刻会很好看，尽管她在意的人不会看到。

象牙色的布达佩斯，有了些让人怀念的理由。

回到北京，温语兀自不顾后果地把微博网名改成了Elisa，也写了一些关于布达佩斯的见闻发布上去。她觉得并不满意，更不令她兴奋，因为再也找不到那个雨天神秘闪现的铅灰色幸福感。

过了一阵子，一切又重回旧轨，但是温语在忘却的边缘突然收到一条微博留言提醒——她以前一直不知道，微博留言评论也有贴图功能。

画面正中，是闪烁着象牙色光辉的名字，被花草和鸟兽拱卫着的名字：Elisa。背景里，隐约能看到那盏有点儿突兀扎眼的意大利落地灯。

那天，是温语的生日。

“是不是他真的要离开我？还是他的身体出了问题？”好时光总不长久，温语又兀自不安起来，尽管最近，北京的蓝天清澈高远，没有雾霾，光线好得非常不真实。

冰岛的鲸鱼奶

小女孩下船的时候有点儿闷闷不乐，因为她在雷克雅未克没看到鲸鱼。

虽然整座岛屿凉快得令人陶醉，遍野开满了花塔一样伸展向天空绽放的鲁冰花，还有盛夏时节午夜不落的太阳也让母女俩心情不错，但是小女孩还是有点儿失落。

“鲸鱼迷路了吗？为什么没来？”

“珍稀动物嘛！名气大了就要大牌呗！”

母亲觉得自己玩笑开得不错，至少女儿买账，笑了。想不到冰岛这么凄冷孤高的一个海岛，却让她变得多少有了点儿幽默感。

“海鹦弟弟表现好，假摔表演得特别精彩。是不是？”

“海鹦弟弟！海鹦弟弟是影帝！”

这回母女俩开怀大笑，引得在观鲸船码头等船的一整团来自德国的银发老人也跟着心花怒放起来。被她们温馨的亲子场面感染之余，有人交头接耳地猜测她们一定是运气太好，所以刚才在海面上

你也许只看到冰，而非岛屿的全貌，但这就足够了。（冰岛）

看到了很多鲸鱼，心想自己的确是来对了地方。

她们说的海鹦，是在雷克雅未克近海岛屿悬崖上筑巢的一种海鸟，英文名字叫 Puffin，听起来像某种小蛋糕。鸟的体型圆圆胖胖，毛色酷似燕尾服搭配白衬衫，远看像一只会飞的小型企鹅，长着一张大得有些夸张的红色鹦鹉嘴，显得有些呆萌。不知为何，海鹦飞行技术不错，降落技术却很差，降落水面的时候每每连滚带爬，摔得四脚朝天，小巧的身体在动荡汹涌的冰岛海面上像一颗肉球不断弹跳，但又每每有惊无险，甩甩大头马上恢复镇定，佯装无事发生。

开过一通玩笑，母亲还是决定把情况比较客观地跟女儿解释一下：

“我们没看到鲸鱼，也许，是因为鲸鱼越来越少了吧？你看见码头上发传单的姐姐了吗？她就是在呼吁大家爱护鲸鱼，呼吁冰岛政府停止商业捕鲸的。”

和那些分发传单的女孩儿聊过几句之后，这位母亲有点儿遗憾自己做学生的时候没有做过这么多管闲事的事情，不过还是觉得那个女孩儿不错，又漂亮又帅气，而且好年轻。女孩儿来冰岛留学，来自一个她只听过名字的南方城市，全身上下没有一件名牌衣服，不戴首饰，也没化妆，但是胳膊上有伤，挺显眼的，看不出是怎么弄的，这让她有点儿想入非非。

母亲马上换个念头想：如果这女孩儿在国内念大学，是不是也会这么理想主义地多管闲事？多半不会吧？

“没看到鲸鱼，我们吃点儿什么弥补一下吧。”母亲跟女儿提议。

“妈妈，我想吃鲸鱼奶做的冰淇淋！”女儿还没从刚才的亢奋中摆脱出来，思路有点儿跳线。

仲夏之夜，太阳不落下，狂欢不停止。此时通宵倾谈的话题，伴着冰岛独有的盛夏沁凉，有着微醺般的舒心。（冰岛　雷克雅未克）

“不行！怎么没有鲸鱼奶冰淇淋呢！”

“鲸鱼不是哺乳动物吗？你说的啊！为什么没有奶？”女儿不依不饶，她已经懂得不少东西了。

“天生万物，但并不是所有的东西都是用来供我们享用的。有些东西，永远不属于我们。”母亲定了定神儿，觉得带大一个小孩儿，要不停地回答她的问题，并不停地动脑子，这在精力上真是巨大的挑战。要做到这些，又要让小孩不看轻做父母的，在网络时代真的是每天不得闲。

“鲸鱼之所以被杀，就是因为它们的油很有用，他们的肉好吃。如果它们的奶可以像牛奶那样用来做冰淇淋，你想想，它们是不是早被杀光了？”

“不会！不会！他们会像多利羊宝宝一样越来越多！”女儿的思路跳跃得更快了。

“恐怕没有你想的那么乐观哦！鲸鱼很大，养他们好费钱的。再说，要修多大的水池呢？”

女儿点头默认，母亲长出一口气。孩子的好奇心，真让人又爱又恨！

“太棒啦！冰岛没有鲸鱼奶！冰岛鲸鱼没有奶！”女儿高兴得又唱又跳，青花瓷图案的发卡被甩掉了一个。她觉得这个冰冷出奇的海岛，阳光温暖，空气清甜。

这个高高伸起双臂，兴高采烈大叫着的六岁女孩体内，莫不是住着一个成人？

母亲看着她，心想：我要带她去什么地方，才能看到生活在大海里的自由的鲸鱼呢？

母亲一边想，一边看着女儿兴致勃勃地关心着鲸鱼。她不禁有些失落，也许是因为自己遇人不淑，最近一段时间烂人糗事来得太过集中，让她对他人失去了信心，觉得女人从花变成渣，似乎是种必然，而且就是从这种不相信和灰心开始的，一去便不会回头。能延缓就延缓吧！但愿自己能延缓小丫头对世界失望的过程，鲸鱼也好，豚鼠也罢，十年也行，一天也好，有一天算一天吧。

打心眼儿里，母亲希望自己是错的。

我们关心过地球上那些并非同类的伙伴，没有回报，却无限美好。（冰岛　雷克雅未克）

橄榄山的白气球

她被摇醒了，有点儿粗暴地被摇醒了。

睁开眼睛之后，第一个出现在她眼前的，是一张帅气的年轻男人的脸。他穿着以色列民防军的制服，贝雷帽折好后别在肩袢下面。接下来她一抬头，就看到头顶满树三角梅，在透彻碧蓝的天空和耀眼的地中海烈日下，像轰然炸开的烟火一样，亢奋地开放着。

看到民防军战士略带忧虑的眼神，她才明白过来，自己在橄榄山对面的大卫王城遗址的天台上睡着了。民防军的担忧自有其道理，毕竟这里是耶路撒冷老城，是以色列。而且看这小伙子表情的焦虑和狐疑，她马上确定，自己的睡相一定是难看得可以。没办法，两个文明的时空距离都太远，时差造就了难以抗拒的睡魔。

“那些白气球是做什么用的？”她问题突兀，提给那个刚刚了解到她安全无虞的民防军战士。马上他又担忧和狐疑起来了。

“要不，我请你喝咖啡？”她用英语不同常规的这样表达，适时适度地打破了民防军小伙子的顾虑。他甚至有点儿喜欢她那种直

耶路撒冷的竖琴手。（耶路撒冷）

耶路撒冷的女警察。（耶路撒冷）

接的提问方式，这种方式带点儿甜蜜的笨拙，而且她长得好看——挺特别的那种东方式的好看。

“我不愿意坦承它们有安保功能，不过它们确实不是装饰品或者广告平台。它们是用来感知战场信息动态功能的监控单元，气球下面安装着摄像头和其他一些设备。”

“天眼？”她问，忽闪了两下长睫毛，而且是真的睫毛。

“这个比喻也算准确，所以你应该尽量远离那些上空飘着这种白气球的街区。那些气球说明下面的街区正被监控，也就是说，安全形势相对紧张，可能有事发生。”

听到“战场”“监控”“安全形势”之类的字眼，她觉得自己本应紧张，也的确有必要紧张，可自己就是没有紧张感，反倒是听到“游客”二字，她才感觉到一丝紧张，但也有点儿刺激。

尽管小伙子长得非常帅气，而且也能感到彼此气场有点儿融洽，但是她完全没有和他上床的念想，小伙子应该也没有。他们彼此友好地道别，甚至还握了握手。显然他不是所谓“东方人眼中的西方人”，她也不是所谓“西方人眼中的中国人”。

她睡到一半，又被弄醒了，这次是在半夜，在大卫王皇冠酒店的房间里。她从纤尘不染的白床单上起身，不确定自己听到的噪音从何而来，又为何物，所以一骨碌坐起身，甚至随手抓起青瓷色的长发带，把头发在脑后扎成马尾。

打开宽敞的落地大窗，场景让她加倍迷惑了。实际上，有好一会儿她完全不能确定自己是醒来了还是仍然在梦中，因为她刚刚还在梦见橄榄山上的那些白气球，它们变得越来越多、越来越密，让人联想到假期、沙滩，甚至是花园婚礼的白色气球，仿佛是那些在西北洋流里海量群集、载沉载浮的澳大利亚水母，气氛甜腻却暗藏凶险。

大概正好在白气球所在的橄榄山的方向，丘陵的影子正断续地被火光照亮，不时有发光的颗粒从地面飞向天空，好像其中一些还拖着长长的光尾。连续的噼啪声夹杂着几声轰隆，被晚风三心二意、吊儿郎当地吹送过来，感觉像是夏天傍晚吹进她纱窗的广场舞音乐，但不尽相同。花了一会工夫，她才明白，那确实是交火的枪声，确实是曳光弹，不是庆祝球赛胜出或者夜间婚礼的烟花。这一切正发生在她眼前，就在橄榄山的方向，白天飘着白气球的地方。国防军小伙子还真是言出必应。

更加让这个场景偏离实感的，是空气中飘来的声音和气味：时

哭墙下的士兵。（耶路撒冷）

髦的打击乐混杂着阿拉伯曲风的民谣，还有培根烤煳的强烈香味——她甚至能闻出烤肉用的是真材实料的果木，还有橘子花的香气、椰枣糕的甜香……偶尔传来玻璃高脚杯的碰撞声和刻意夸张、大惊小怪的谈笑声，酒店的泳池在她脚下闪烁着诱惑的蓝光，摇曳多姿又矫揉造作，卖力地制造着升平妖艳的幻境。看来人们身临战场或者面对危险的时候，感官会变得异常敏锐，即便是隔空远观，也是如此。

饭店的落地大窗上贴着皇冠形的 LOGO，还有四颗星星。

她注视着远方橄榄山上的战火，其实也不算太远。她甚至有点儿想拍张照片，但马上又为自己产生了拍照的念头而相当自责，甚至有些厌恶自己。她注视着橄榄山，橄榄枝摇曳多姿、拼命生长的那座丘陵。它的名字充满魔性，但是她除了观看，半个字都不想说，也不应该说。除了怀念广场舞音乐飘进纱窗的恼人夏夜，她非常希望能记住这样的夜晚。她一直观看到战火渐渐熄灭，橄榄山的剪影再度淹没在无尽的夜色之中，阿拉伯民谣再度成为夜空中酒店住客们谈笑风生的唯一配乐。好在，这段时间不长，短到很容易令人忘却，甚至怀疑从来不曾出现过。

她后来去了埃拉特，那里距离真正的“前线”更近。她觉得自己动机莫名，觉得自己有病。但也是在那里的海边，她第一次见到柏树开出的花朵，粉色的穗状花，艳丽、柔媚、精致且怪异得有点儿像某种食虫植物，衬在海边的蓝天下，足堪“奇花异草”这种称谓。她想起自家楼下车库边上也有这么一棵，已经长得足够大了，可从没见过它开花，可能是因为它没开过花，也可能是因为开花的时候，自己每每倏忽而过，根本无暇观赏。当然，柏树不会在乎是否有人欣赏它的花。

是时候回去好好地当一名医生了，有空的话，也应该欣赏一下花自开自落的那棵柏树。她这么想着，嘴角露出好看的微笑。

从橄榄山上眺望，不仅能看到圣殿的金顶，也能看到大片的墓地。（耶路撒冷）

「查理慢桥」

女孩子在查理大桥上停下脚步。她知道这座桥的名字，但是她还是喜欢叫它“查理慢桥”，因为她每次经过，都会在桥的中间停下脚步，尝试倾听桥下流水的声音。

今天她感到双臂下清风徐徐，好像一阵南风吹过洪泛区的围堰，好像她的双臂是翅膀，可以一跃而起，飞上淡青色的天空，俯瞰这座美丽的桥梁和它所在的城市。

微笑漾出她的嘴角，拂过发梢离她而去。她不禁环顾四周，想确认一下周遭没有人觉察她这来由不明的微笑。

她很开心，因为在薄底的浅口牛皮便鞋下面，她能感到查理大桥桥面的裂缝，借由她身体的重力，让她敏感的双脚，能感觉出历经不同时代，写满故事的裂纹；她很开心，因为清风拂过，让她随风晃荡的亚麻长裤，能够传递给她风的力道，让她感受到季节，仿佛是一只自有其性格的异兽，每天变换着不同的口音和她说话，只为确认彼此的存在，以及长久不息的陪伴，并不传达其他信息；她

很开心，因为隔着薄薄的白色圆领衫，她能感受到肩头白色棉布包的分量，感觉到包里装着的新买来的精装书的棱角，那些小牛皮的封面和书脊，硌着她纤细的手臂和肘弯，有点儿生硬和沉重，让她的手臂不能和身体合在一起，也让桥上的凉风得以不停吹拂，降低她的体温，似乎这样的风使她的头脑更加清明，思路更犀利，连视力也似乎更敏锐了一些。

“我在布拉格买到了1854年的《巨人传》，古斯塔夫·多雷的铜版画插图，还有品相很好的《白鲸》和《凯尔特的薄暮》。”它们是她一直在寻找的。她很庆幸自己为了和它们的偶遇，放弃了采购午饭和水果的计划，在陌生的街道拐错了一个弯。此刻，她正急匆匆地赶回去展卷长读。

“我竟然在布拉格找到了它们！”她内心的欢呼，几乎就要脱口而出。女孩子莫名兴奋，她期待接下来的时光，期待着一整个下

走在查理大桥，总会让人不由自主放慢脚步。（捷克 布拉格）

午在露台那把不舒服的铁椅上和书一起度过的时光，期待着那些时光流走的标记：鸽子在头顶徒劳地一圈圈巡航，教堂的钟声敲过一个个整点，市政厅天文钟塔顶那个穿花格衬衫的小伙子一如既往地在每个整点吹响小号，光影变化游走，晒在她身上的阳光不停地改变温度并抚慰她的肌肤。

而它，在书中悠游，快进或者倒流若干个世纪，见证那些有趣的灵魂从闪光晃眼到渐渐黯淡。她将不会挪动身体，但头脑会变得满足、充盈、快乐而释然于面对时间长河的无可奈何。她不会相信幻象、沉迷于虚构，但是她相信，天色近晚的时候，她会更加适合被吻，被那个更加适合她的灵魂。

那个灵魂也许鲜活冲动，也许已经仙游西逝，一去经年……

在正确的时间到达正确的地点拍下正确的照片，抑或不拒绝任何临时起意的一时兴起，难道不都是旅行的意义？（捷克 布拉格）

布拉格的夜晚，荡漾着的不只是河流奔涌的旋律。（捷克 布拉格）

③

心念

Yearning

落日无论在哪里，都是令人惊艳的风景，特别是如此这般搭配着如交响乐一样恢宏的晚霞。（纳米比亚　苏赛思黎）

念念不忘，必有回响。那些心心念念，可曾真的像蝴蝶的翅膀，引发过漫长的连锁反应，直到聚集起强烈的气旋和海啸的涌浪？抑或只不过见证了一朵花开的时光？

纳米布的黄昏，我想过和你重逢

世上万千生灵中，恐怕唯有人类对日落的景象又爱又惧。

我们因交响乐恢宏合奏般的绚烂场景而兴奋颤抖，也因即将没入黑暗、消失不见的光明带来的隐喻而颤抖。我们舍不得正视那个现实：所有的美好，甚至所有回忆中的美好，终有一天要告别我们急逝而去，飞掠过十二点方向的地平线，也飞掠过霞光的残影，一去不复返。生命乐曲的高潮奏响，休止符也便相去不远。

我在纳米比亚的荒原巨石边这样想，你在高楼林立的城市黄昏里也这样想。我们都被自己的念头打败，辜负着同一颗恒星的运行。

Uli 是个退而不休的教授，像纳米布的沙漠那么淡定，又有点儿南大西洋的冷峻活泼和小幽默。他是个古板的德国后裔，又是南部非洲的阳光老男孩，而且我知道他一辈子都会是。

他是我纳米比亚之行的司机兼导游，也是和我一起喷云吐雾的烟友兼话伴。

Uli 最爱说的两句话是“毁了”和“太好了”。前一句多半是

埃托沙国家公园有南部非洲最漂亮的野象和我印象中最美妙的星空。（纳米比亚　埃托沙国家公园）

在车子遇到小故障的时候说。纳米比亚的路太坎坷了，所以他开的大巴非同一般，是在德国买来的卡车基础上，拆掉全部的“上层建筑”，只留下底盘，然后重新打造的。即便这样，区区几万公里后，仍然是状况不断，甚至彻底“毁了”。后一句“太好了”，他整天说个不停——一点点小事儿都能让他兴奋不已，满脸写着孩子般的快乐表情。

Uli 已经七十多岁了，但是我在他脸上一点儿也看不出什么“长者智慧”，至少见面的前几天看不出来，因为他脸上的皮肤被非洲残忍的阳光晒得皮开肉绽，大鼻头红得像一颗草莓。连他的旅行社经理，那位留着芭比娃娃一样的满头金发，却也有着东方式温婉笑

纳米比亚全国的公路都不太令人满意，Uli 告诉我这是因为他们的国家纳税人太少。（纳米比亚）

容的姑娘麦琪也说：“我们劝过他去护理一下皮肤，不过他好像满不在乎。你们看了会有点儿怕吧？没关系的，纳米布沙漠会对你们仁慈的，因为你们不会像 Uli 那样，一辈子都和它打交道。”

一辈子？是啊，他的前半生，SPF40+ 的防晒霜还没发明呢！

好在我们和他打交道的大部分时间里，他都在一边开车，一边滔滔不绝地讲他最爱的沙漠和大海，只把一个灰白头发稀疏的后脑勺对着我们。要知道，动辄五六个小时的车程，能一路用各种故事让我们不睡着，真是不简单的。

像这个年龄的老人一样，Uli 也关心药物和健康。

“你们看见秃山上长着的那些其貌不扬的黑色小灌木了吗？我们叫它们‘沙漠茶叶’。它们在一年的大部分时间里像是死了一样，干巴巴的，但是只要下一场小雨，你再看，绿得可漂亮呢！布须曼人把它们放在水里，一会儿就变绿了！它们可以治哮喘、产后综合征，

Uli的背影和大摇大摆过马路的羚羊。（纳米比亚 苏赛思黎）

花豹是非洲最害羞的猛兽，酒店里的标本弥补了不少旅行者没能见到它们的遗憾。（纳米比亚 埃托沙国家公园）

也可以在伤风的时候把这种植物泡在热水里，然后用牛皮裹住自己，用蒸汽蒸一下，包你马上活蹦乱跳的！”

“你试过吗？”

“没有，我用不着啊！你们是我最好的药！”

我的第一反应是想说中国游客个个都像是长着两条腿还涂了厚厚的防晒霜的钱包，后来我发现，我想错了。

Uli这老头的想法有点儿奇怪。至少在我们看来，他思维很跳跃，选择很具有破坏性。他原先是个大学教授，不知道为什么心血来潮，一下子就辞职去开了个修车行。按照麦琪的版本说，是因为他喜欢车，按照他自己的版本，是因为他觉得自己想帮助人，特别想帮助那些整天奔波在纳米比亚烟尘滚滚的糟糕公路上的人。后来他把车行关

薄雾中暖阳升起，暮风里长日将尽，兀自上演，兀自落幕，从不为谁特别等待。别把时间浪费在抱怨和宣泄上，打起精神来寻找你愿意归隐或者躬耕的桃源秘境去。也许，还来得及。（纳米比亚 鲸湾）

「熊出没注意」太逊了，这里是「野象出没注意」！（纳米比亚）

了，当起了旅行社的司机和导游。按照麦琪的版本说，是因为生意不好；按照他自己的版本说，开车行的时候能聊天儿的人太少。

反正我们大概可以描绘出 Uli 这人的性格了：喜欢跑路、讲话，喜欢变化，又对大自然充满孩子般的好奇，不喜欢待在屋子里，不喜欢安稳。有一次我问起他去没去过自己祖先的国家——德国。他说去过，但是非常不喜欢："太乱了！太吵闹！满街都是人，到处都是车，而且都忙忙碌碌的。不知道他们忙个啥！"我觉得 Uli 充满了矛盾，麦琪觉得 Uli 活在自己的世界里，我的朋友觉得 Uli 精力过剩。我说：" 他都 70 多岁了呀！ "

于是，所有人看他的眼神儿，在那一刻都有点儿迷离。

他是个不拐弯儿的人，想怎么活就怎么活。他在游客面前活得像个不容置疑的老师，在纳米比亚面前则永远是个好奇的学生。顺便说一句，据说他还做得一手好木雕活儿——这居然还写进了旅行社的介绍手册里，不过那不是赚钱的生意。

Uli 的好奇心永远没个尽头，至少对纳米比亚是这样。所以他对红沙漠上一个奇怪的像哈密瓜一样的东西滔滔不绝："这不是瓜，而是布须曼人的饮水机。"那东西其实是一种沙生植物的茎，里面存着满满一"壶"水，在沙漠中生活的土著有的时候会需要用它来救命。在民俗村里，两个光膀穿兽皮的俊朗黑小伙给我们演示当地的石子棋，就是在地上挖几十个小洞，用石头代替棋子的游戏。据说当地的部落发生争执的时候用下棋来决定胜负，输掉的部落要做出让步，所以这里从来也没发生过战争。我们都感慨地说那些有核导弹和航空母舰的国家如果也有了这棋，那真的是和谐世界了。不过，我们也都没有天真到相信安理会有一天会被棋牌俱乐部代替。而且

千岁兰生长在纳米比亚的沙漠地带。根据“碳 14 测定”技术研究，最长寿的植株已活了两千年。它可能在老子的时代萌发，在释迦牟尼的时代长出嫩芽，在耶稣诞生的时候长出第二片叶子，在一战中迎来第 1500 个花期，在你看到这段文字的时候，才刚刚与走近它的第 100 个人会面，而它始终只有两片叶子。

（纳米比亚　埃托沙国家公园附近）

那两个认真得像在开“核安全峰会”的黑人膀爷下了 25 分钟石子棋之后，真正聆听他们讲解的人也只剩下 Uli 一个了。我们都在心里呐喊：“要不你们打一架吧！”Uli 却认真地给他俩挑起错、支起招来了。看来只有纳米比亚人，才真的有用下棋避免战争的耐心。

临走时，Uli 透着点儿小邪恶和小得意说：“这个民俗村刚建成没几个月，我以前没来过。这种棋我也是第一次听说的。”这叫不叫“长者智慧”？或者说是我们的不耐烦和他超强的思维耐力诠释了什么叫“文化差异”？

这就是 Uli 先生。（纳米比亚）

Uli 也是一个够分量的烟鬼。每天一停车休息，他必定点上一根，无比享受地抽上两口。抽完烟，他必定认真地把烟头扔到事先准备好的矿泉水瓶子里带走。有一回在空旷无垠的沙漠正中，我注意到 Uli 捏着烟头有点儿无所适从，我想他一定是忘记带他的瓶子了。不过，接下来发生的事情的确让我想笑又笑不出来——他掐灭了烟头，动作熟练又不带半点儿犹豫地塞进了短裤的口袋里。然后，他又点上了一根。

其实我也带了一个便携式的小烟缸，上面还有漂亮的雕花图案，不过一直放在箱子里没有拿出来用过。你要问我为什么，我绝对会很纠结。自从看到 Uli 收集烟头的这一幕之后，我也开始用矿泉水瓶子扔烟头，或者干脆把烟头扔到他的瓶子里去。我知道，他这么做是因为爱纳米比亚，而我呢，是爱面子。

我们在埃托沙国家公园想花大价钱租一辆“路虎”越野车来偷窥野生动物。Uli 不知从哪儿听说了。前往国家公园的路上，他看似无心地聊起这件事：“其实你们可以用我的大巴去看动物的。这车有空调，不用另外花钱，车窗也可以打开，拍照很方便的！”接着，他又补充了一句：“我的眼神很好，而且我对自己寻找和跟踪动物的技术有信心！”的确，观看野生动物是否有收获，Safari（狩猎远征）是否让人满意，关键不在车子而在司机。最后，我们还是租了英国王室的爱宠——“路虎”，动物没看到几只，却被狂风吹了个半死。Uli 追踪动物的功夫如何，我们最后也没机会知道。其实，我们去非洲 Safari（狩猎远征），看到的多半儿不是动物，而是虚荣。或许，我们可以自我安慰说：“那只是我们这次运气不好。”

Uli 从不抱怨纳米比亚烟尘滚滚的公路，不过我们临走的时候他多此一举地道歉说："纳米比亚的公路不好，一路上大家受苦了。"记得我们有一次在酒吧里聊天时，我问起纳米比亚的公路为什么这么差，为什么柏油路这么少。他回答说："我们的国家纳税人太少，而修公路是要靠税收的。"的确，纳米比亚的公路不好，着实怪不得 Uli。

纳米比亚的国花——千岁兰，生长在沙漠地带。科学家们用神秘的"碳 14 测定"技术进行研究得出结论，最长寿的千岁兰植株已活了 2000 年。也就是说，它可能在老子撰写《道德经》的时代萌发，在释迦牟尼创立佛教的时代长出嫩芽，在耶稣诞生的时候长出第二片叶子，在"一战"中迎来第 1500 个花期，在你看到这段文字的时候，正与走近它的第 100 个人会面，而它，始终只有两片叶子。

能够认真地做自己喜欢的事情，当真是不可多得的幸福。一旦这样，我们便可以把一切令我们不安与恐惧的事情拒之门外。明知道自己不可能像年轻的时候所渴望的那样改变世界，何苦挣扎做什么超人？只要能够改变自己身边的一方小小天地，用专业的态度坚持不懈地耕耘它，便是肉眼凡胎如我的一切芸芸众生存在的理由。

在纳米比亚，像 Uli 这样的家伙层出不穷。我觉得是那地方的水土让人容易旷达，容易快乐。为什么？因为大自然的严苛。

像我这样喜欢"晒幸福"的虚荣旅行者，总是惦记着下一个战利品，却没有多少时间和兴致玩味已经到手的这一个。这就好像很多人是旅行中的签证收集者和天生购物狂，却不记得自己看过的落日哪一次最美。我们花了大把钞票买回来的战利品，很多都躺在柜子深处，且沾满灰尘。

无论是在世上的哪一个角落，日出都不过是两颗星球的相对移

纳米比亚的“棋子安理会”究竟避免了多少部落战争？我们不得而知。我们知道的是，他们今天仍然以此为傲。（纳米比亚　颓废方丹）

动。人们之所以感受到不同，是因为遭逢的际遇和心情改变了那一刻，这包括气场的浓度和感觉的温度。旅行，就是那个让一切感觉发生的理由。

纳米比亚令我印象最深刻的，无疑还是落日时分的寂静，交响乐般震撼人心的寂静。尽管我没办法写出一篇让人能够身临其境的游记，来炫耀自己与这落日时分的相会，但是，它仍然让我想要再次与之重逢。匆匆忙忙的城市生活，会给你万千诱惑，也能让你一无所有。只有落日时分那落地玻璃窗上模糊的倒影，能让你看清什么才是真正的自己，什么才是自己想要的生活。

写到这里，我想起来 Uli 还有一句经常说的话：“我们还都活着呐！”每次我们长途跋涉到达一个目的地的时候，他都会说上这么一句。这个德国人讲的笑话，还真是够冷！

一位乡下兽医的英国文学

为什么在英国如云的作家当中，我最艳羡的是一个乡村兽医?

我喜欢毛姆、柯南道尔甚至勃朗特，因为他们文章写得好，立意不同，气场不凡。但是看过吉米·哈利，我还是打心眼儿里很震动。

此人已经作古多年——这也是成为名作家的必要条件之一，不过他既没有像凡·高或者海明威那样朝自己的肚皮或者脑袋开上一枪，也没有像海子那样卧轨或者像李耳那样骑着青牛消失在迷雾深处。

吉米·哈利是英国约克郡德禄镇乡间一个普通的兽医，在英国多雾、多雨又阴冷的乡下平静地去世。他全部的作品都是在非常的时空中创作的，比如给母牛接生之后，或者是凌晨3点开着刹车失灵的老破车应邀问诊之后，又或者是在无心睡眠的早上灵感突发，于是就在厨房的餐台上写完。而且他写的每篇文章都关乎胃肠痉挛的小牛、喜欢追车的牧羊犬或者死去的白马。但是，他成了爵士，写的东西也很畅销。不过这些对他来说，似乎都不重要。他写的每个故事都很短，你可以在喝完一杯红茶的间隙看完一篇，然后拥有快乐的一天。这才重要。

吉米·哈利住在牧场小镇，每天做着粗重又不太讨好的工作，所以他的身体素来健康。农人们经常拖欠账务，不过也有人送他自家做的点心和香肠，他吃得心安理得，所以他胃口一直不错。他不能每天待在安装了空调有循环空气可以呼吸的办公室里，他更喜欢待在户外，这样不仅可以经常目睹草原在狂风下起伏，更可以目睹云朵如何无情地洒下冷雨并带来一季的好牧草。他经常要被牲口突发了怪病的牧民在半夜叫醒。这帮粗人从来不会为此感到抱歉，或者认为一个兽医在午夜出诊有什么不对劲，所以他能够回到被窝的时候，总是睡得很香甜。吉米·哈利经常为自己能医好一头不会道谢的牲口而高兴，经常为不能救活别人的猫狗而垂头丧气——这让他感到生命沉甸甸的。他救死扶伤，不过对象不是人，所以他从不为人际关系烦恼，笑容坦荡。我为这些从没体验过的生活，这些本可能平淡无奇的小小细节而充满羡慕。作为一个城市里长大的孩子，我不会对电视直播的地毯式轰炸而大惊小怪，但是这些，却让我心生向往。

他为这些感到自豪，尽管他从没这么写过。

他写过一个顽劣的孩子。我记得，文章名字叫“坏男孩也有爱”。男孩名字叫卫理。卫理在哈利先生的诊所门口放爆竹，然后按响门铃，拔掉花园里主人最喜欢的花朵，在别人的新车上刻上脏话……卫理有个失踪的爸爸和破碎的家庭，还有从“流浪动物之家”捡来的一条小黑狗，名字叫“公爵”。

卫理硬着头皮走近哈利先生的诊所时，是因为“公爵”生病了。

在英国阴雨不断的天气里，旅馆老板的小狗路易每次都会在我们出门前用欢快的叫声和我们打招呼。（英国　多佛尔）

哈利先生尽可能专业地接待了他，并诊治了他的狗。接下来的三个星期里面，卫理好像变成了另外一个人，变得特别勤快。他送报纸，帮人整理花园，甚至还在农场小镇上的牲畜拍卖会上帮人赶羊。因为他对哈利说过："我会给你钱的！"他说："我一定会赚到钱！"那是为了"公爵"。

但是"公爵"得了"舞蹈症"。它抽搐着，死了。吉米·哈利不得不结束了它的痛苦。

"从那以后，我似乎总是觉得卫理又回到了他往日的生活，从此再也不打零工或做有用的活动了。他再也不跟我搞恶作剧了，却做起了更严重的坏事。他不但放火烧谷仓，而且还因偷窃上过法庭。到十三岁时，他更是偷起了汽车。"哈利写道。

South India
Ireland
Provence
Pyrenees
French
15-MINUTE
Germany
Germany
Deutschland
Berlin
FRANCE 2009
Greece
Greece
Crete
RHODES
CRETE
iSpeak
GREEK PHRASEBOOK
Auvergne Rhône Valley
Greece

在一家英国的连锁书店里，旅行散文被放在一个专门的书架上售卖，分类名称是「精神建设」。
（英国 伦敦）

英国的冬天不好过，糕饼店的香气多少让人感到些快慰。（英国 圣爱维斯）

“最后，他被送到一间感化院，从此就在这个地方消失了。没有人知道他去了哪里，而大多数人也随之都淡忘了他。唯一没忘记他的是本地的警官。”

“‘那个小卫理，’他有一次沉思着跟我说，‘他是我一生中见过的最坏的孩子。你晓得，我觉得他这辈子从来也没在乎过别人或是任何有生命的东西。’”

“‘我了解你的感受，警官。’我回答说，‘不过，你说的并不全对！曾经有个有生命的东西……’”

吉米·哈利的叙述到此为止，“嘭”的一声，结束了。

我在英国的乡间旅行过。看到那些长满藤萝，像鬼故事里一样摇摇欲坠的老屋，看到那些遍布绿苔的古堡石墙，看到和从前一样无声飘过的大朵浮云，看到甩动尾巴反刍的牛群和对着稀少车辆狂吠的牧羊犬，我总相信，吉米·哈利笔下的一切，真的存在。

柯南道尔一辈子都想写史诗，但是为了赚钱他不得不写探案小说，而且因为这些大红大紫。哈利从没想过这些，但是牧场上那些琐事，让他欲罢不能。生活，可以是任何样子，但唯独自己不是你想象的那个样子。怎么办呢？不管你是失望还是渴望，时钟的指针总是无情地绕着圈子，每个人在某个时候回想起从前，总觉得自己曾经做错了选择，总觉得上帝对自己的眷顾还是不够，或者对别人的眷顾更多。起起伏伏的时候，真希望像他一样，被急迫的电话铃声打断，真希望有人在线路的另一头冲我喊：“老天！你怎么才接电话，我的小牛突然抽筋了！看在上帝的份上，赶紧给我过来！”

我不是一个乡下的兽医，所以虽然羡慕他那种在风里穿过草地的生活，但是我知道他和我们一样有很多恼人的麻烦。我经常旅行，有很多麻烦，也费钱，很辛苦，不过总能遇到一些不同的人。让我感到满足的，永远是飞驰的车窗外眼睛捕捉到的一闪即逝的场景。

一辈子只做一件寻常小事，其实没有什么不好。世上本没有失败的人生，真正糟糕的只有自己的动摇。

她在树下赏花，内心感动；他在一边铲粪，如常淡定。生活的盖世武功，你修炼到了第几层？这世上，总是有人恋爱有人种田，各自解决各自的恩怨。

世间熙熙攘攘的万千过客，他们之间并没有共同语言，只有同一个春天。

京都艺妓变身处

我爱小旅馆，她爱飞机餐。我和太太是一对儿驿马命，正适合一起过现在这种混迹江湖的生活。坦白地说，在我们住过的形形色色，甚至可以说有点儿光怪陆离的旅馆当中，一些小旅馆往往最让人印象深刻。在那些门口挂着“五星上将”肩章、前台侍应生见到你的表情活脱像列兵见到上将一样的大酒店里，舒适是天经地义的，却经常少了点儿惊喜刺激，而只有在一些小旅馆里，你才能享受到充满惊喜的“增值服务”。在这些小酒店的门口，经常摆着轰鸣咆哮的柴油发电机，或者餐厅里有野猫出没。当野猫端正地坐在你脚下，用尾巴盖住两只雪白前爪时，那可怜巴巴的小眼神儿让你觉得它们绝对参演过迪士尼的《史瑞克 2》。对我们来说，出门旅行，不就是为了遭遇点儿离经叛道的快乐吗？

京都清水寺的高塔让天空显得不那么单调和寂寞。（日本　京都）

京都：“幽灵旅馆”——艺妓变身处

日本是个多鬼怪传说的岛国，而且日本建筑和欧洲建筑最大的不同是多半给人幽闭、神秘的心理感受，因此有人把日本风格称作“阴影文化”。日本作家谷崎润一郎还专门写过《阴翳礼赞》来表达日本人对这种风格的自豪。于是，我们和另外三个朋友造访京都的时候，决定尝试一下日本的家庭小旅馆。我们找到的那家小旅馆有个古怪的“雅号”——艺妓变身处。我们充满好奇地搜索过网络之后知道，这里的“变身”不是指帅小伙在月圆之夜变身“狼人”，也不是指妙龄少女在北风咆哮的恐怖之夜变身日本志怪小说里诱惑路人、夺取他们性命的“雪女”，而是指给艺妓梳妆理发的地方，现在多半

这里是京都有名的“花见小路”，我们入住的小旅馆就在距离它 200 米外的古寺旁边。（日本　京都）

是让游客来体验一下艺妓如何穿戴繁复的行头。不过保守如我的中国人，一定还是会多少对自己即将投宿的地方带有一丝狐疑。不过，这家小酒店的价格比正统高傲的“传统民宿”要亲切得多，而且位置就在京都艺妓最常出没的“花见小路”尽头，那个脑袋圆溜溜的“聪明的一休”小和尚曾经修行过的建仁寺也在附近。这对我们来说，再理想不过了。

我们拖着行李入住的时候，发现整座小酒店静悄悄的，不见人影。只有酒店前台那张比切菜板宽不了多少的柜台下面，有一个在幽暗的橘黄色小灯照耀下的艺妓剪影，躲在满月形的日本格子窗后面等待着我们的到来。

在日本体验茶道可能是很多人旅行计划中的必选项。不过，那种静谧与庄重反而会让你感到某种莫名的压力，因为我们平日的生活太过喧嚣了。（日本　宇治）

两位妆扮华丽的「艺妓」走过清水寺前的街巷。从她们的步态和手中的相机来判断，这很可能是参加「艺妓体验一日游」的游客。「艺妓变身处」原先是个专业艺妓化妆的店铺，老板娘梳妆的手艺一流，不过现在很多此类店家已经转行专门提供体验一日游服务了。（日本　京都）

S君操着现学现卖的日语，对着东西南北的各方神明依次唱了四句“你好”之后，一切归于宁静。风吹墙头草，低首对人笑；远处风铃响，隔窗绝尘嚣。环顾四周，闹中取静的小院子对面有家瓷器店，旁边坐落着干净精致的怀石料理店，不远处还有一家制作日本传统乐器——三弦的老店，但是整条街上仍然看不见半个人影。在下午两点的明媚阳光下，我们抓着头皮怀疑是不是找错地方了。

我带着私闯民宅的忐忑四处打量，终于在柜台的一角发现了一张不起眼的小纸片，上面用小学生一样的笔迹写着两行英文，翻译成汉语是：“郭先生一行，欢迎你们的到来！房间钥匙在柜台下面的桌面上，请自行入住。如有需要，请联系我，电话号码是……芽衣子上。”

当真是“夜不闭户的京都”

过了很久我们才见到芽衣子。那时我们一伙人已经在小酒店的客厅里反客为主地大煮了一顿丰盛的午餐，并且自行其是地找到了店主擦得锃亮的咖啡壶，还有“免费”的上好咖啡粉。当时我们正享受着午后咖啡，打量着那些放在客厅玻璃展柜里的“迷你家具”。展柜打理得一尘不染，而且装上了小巧明亮的射灯。我估摸着那些小玩意儿一定是芽衣子的手笔，不禁会心微笑。她的店真的太小了。按照中国人宽街阔宇的城建标准，这里比一间寺庙里的佛龛也大不了多少，而她还在这个螺蛳壳里做了另外一个道场——在小酒店的小壁橱里修了另外一间更小的迷你酒店，还是欧式的。

老太太进来的时候轻手轻脚。起初我们的确认为，那不过是一

京都有你一周也走访不完的众多古寺。一定记得写旅行笔记，否则回来之后难免记不清哪张照片是在哪座寺庙拍摄的。（日本　京都）

神社前的净手匙。（日本 京都）

缕京都的清风穿堂而过，吹起了画着白鹭的门帘。

芽衣子大约五十开外了。她穿着面料粗重但是式样庄重的日常和服，色调沉稳，看上去相当舒服。她头上包着一块非常鲜艳的翠绿色包头巾，和她同样过于谦恭的笑容、庄重有礼却拒人半米开外的标准日式举止相配，且异常和谐，让人印象深刻。

一见面，老太太就郑重其事地跟我们寒暄起来。根据我的经验，她至少要完成四十五秒到两分钟的见面问候，不管你听不听得懂，都要一丝不苟地进行到底，她用的是日语。

更让人头疼的是，我仔细措辞、字斟句酌地写好放在前台小柜台上的那封英文感谢信，绝对是白费工夫了，因为我太太几次用英语插嘴企图打断她的小小努力完全没有得到回应——芽衣子半句英文也不懂！

我实在奇怪：那封让我们只管直接入住的英文信是谁写的呢？让一帮外国人就这么大摇大摆地闯进她的店来，而且是在她店里半个人影都没有的大中午，她还真是放心。

我想，接下来她还要按部就班地向我们一一讲解各个房间里的设施细节，尽管我们已经对这个小得转身都要看着背后，以免蹭到墙上装饰画的旅馆熟悉得跟自己家一样了，连那个很有日本特色的，只要从柜橱上拔下来就会点亮的红色“避震手电筒”都已经被我们把玩了半天了。正这么想着，芽衣子满脸微笑、毕恭毕敬地用手掌向上一指——用脚趾头想也知道，客房讲解开始了。

我知道奢侈是个敏感话题，每个人对奢侈的理解也不尽相同。有的老兄可能觉得旅行本身就够奢侈了。不过要我来说的话，我觉得比旅行更奢侈的事情还有很多，比如在旅途中感受到的信任，比

浅草寺的招牌大灯笼等待着夜晚的到来，那才是它们最动人的时刻。（日本 东京）

买点纪念品？还是先给买纪念品的人拍照吧。（日本 京都）

我记忆中的金泽，是桂花飘散的香气和民宿旅馆鲜艳的红色门帘。（日本　金泽）

如在这样一间门户大开、空无一人又一尘不染，主人所有一丝不苟收集来的漂亮瓷器都可以任人取用的家庭旅馆住宿。

其实，我们之所以会享受这种乐趣，不过是因为我们的精神和生活都太过空虚，太需要通过某种途径来反复确认自己存在的价值。因为我们太久没有享受过彼此信任的幸福和快乐。

接下来的几天里，我们沉浸并且彻底迷失在京都魔法一般的绿色树影、竹林深处的红色纸伞，以及徐徐传来的僧人诵经声中。直到傍晚的浓烈彩霞褪尽、暮色四合、静静独立的白鹭身影渐渐湮没在夜雾中的时候，我们才意犹未尽地回到小旅馆，芽衣子也矢志不渝地坚持着她神出鬼没的作风，每每只有那个幽暗灯光下的艺妓剪影等候晚归的住客。好在她没有真的“变身”过，不然这座“鬼屋”绝对就更加“名不虚传”了。不过，我们知道芽衣子一定是来过了，我的证据不仅仅在整理得井井有条的房间里，也在公共厨房里的盘子上经常更新的小点心、水果和简短又不地道的英文信上，其翻译成汉语是：“客人劳累了吧？小点心请随意享用。”“今天的橘子很美味。”“有什么需要请打电话告诉我。”我们住进来的第二天，老太太居然搞来一张同样不知出自哪位“讲英文的影子武士”手绘的地图，上面清清楚楚地标注了投币洗衣店和自行车租赁店的地址。我们甚至都看见芽衣子向“武士大人”鞠标准的九十度大躬的场景了。

有一天，我们一边儿轻车熟路地用咖啡壶煮着柜子里的咖啡，一边产生了一个相当激进的念头：不是在前台那张江户时代艺妓款款步出这间小旅馆的老照片旁边插上五星红旗，而是自己动手做一顿鼎鼎大名的“和牛火锅”。京都有我们在国内久违多年的专业肉店，

京都大德寺龙源院的枯山水是日本园林中的经典，不过真要体会它静谧的精神境界，请务必在8点之前到达。（日本 京都）

而且细细划分了品类的各种鲜肉简直如同色彩招摇的花店一样让人赏心悦目。当然，价格和怀石料理店里的菜单比起来，就更加令人食指大动了。

那天，我们翻遍了大小柜橱都没有找到平底煎锅，给她打电话要煎锅又无异于一场旷日持久的国际谈判。于是乎，我们拿出一张便笺给芽衣子写信，这时才突然意识到，巴别塔的悲剧是多么真实地发生着：我们半个假名文也不会写！

当我们把一幅画放在前台桌子上的时候，心里七上八下地琢磨着：这是不是太写意了？那上面画着煎锅，上头还冒着袅袅的蒸汽，空中飞着几个硕大的问号和不伦不类的表示感谢的英文。

“老太太不会炖一锅汤送来吧？”我和S君面面相觑，脑袋空白了半晌。末了，我拍着大腿蹦出一句：“日本可是卡通动漫行业的大国，图形理解力的群众基础应该不错，对吧？”

“你觉得老太太会不会是宫崎骏的二姨？”

“宫崎是东京人，手冢治虫倒是生在关西。”我们俩洪亮的笑声响彻了幽静古寺旁边的小街。

隔天，我们在厨房的柜橱里发现了三个大小不同的锅。和牛大餐吃得无比畅快。而直到我们离开的那天，也一直没有机会向芽衣子当面致谢，准备好的九十度大躬，最终没有派上用场。

日本式的拘谨表情，和你想象中的完全一样。（日本　京都）

杰拉什的阴影

杰拉什让我印象最深刻的一件事是，我在那儿吞了一只苍蝇，当然也可能是别的昆虫。我感觉得到它在我喉咙处最后的颤抖，但没有看清它的面貌。

往好处想，我的身体里多了飞虫的灵魂；往坏处想，我品尝了异乡水土的造物。行万里路，我在杰拉什又多读了一卷书。

当时我在杰拉什两座古罗马剧场中北边的一座，正沿着幽暗的、充满历史感的大理石楼梯气喘吁吁地爬上剧场二层光线神秘的看台走廊。天气很炎热，我感觉自己像烤盘里的大块黄油正在慢慢融化，身体的零部件在吱呀作响；阴影处凉爽，从半圆形剧场上吹来的清风让旗杆上的国旗卷曲抽打发出清脆的响声；走廊曲折，像迢迢大路一样伸向视线的尽头，和漫漫旅途一样充满未知的令人激动的期待。结果，那只从拐角处飞来的倒霉昆虫像一枝穿喉利箭，射中靶心。

我得到了新的旅行经验。旅行守则第五千八百六十二条：不管呼吸有多困难，不管场景有多震撼，在罗马剧场爬楼梯的时候，请

骆驼是佩特拉不可或缺的部分。（约旦 佩特拉）

闭嘴。

时值正午，整座古城没有什么人，仿佛专为我打开的时空隧道，远处传来的也仿佛不是警车飞驰的声音，而是罗马时代破旧马车碾压路面发出的声音。看那路面，大理石砖块上深深的车轮印还在，沟槽干净，寸草不生。

从空中看去，杰拉什古城像一只哑铃：南面是城门和一座半圆形的罗马歌剧院，中间是长长的有华丽柱廊的大道，北面有一个半圆形的剧场，有着阴影处清凉的神秘走廊。在中间的柱廊，那些科林斯式的圆柱呆呆地立在那里，分明是无数只指向天空的、认命者的手指，好像在说："向上看！向上看！不要看我们，上天有灵，命运天定！"他们曾经盛极一时，终被宿命所毁。

大道两边还有神庙、大浴场和小得堪入吉尼斯世界纪录的古城博物馆，可免费参观。

当然，最值得流连的，还是南边靠近古城入口处的角斗场。那里有古罗马军团和角斗士的表演，喊杀声震天，盔甲闪寒光。演员表演很敬业，但表情很痛苦。

我一直觉得古罗马的角斗士故事有一个或者深刻或者浅白的隐喻：有谁愿意投入这一场生死一线的肉搏？有谁在这一遭走投无路的命运里杀出一条血路，或者侥幸逃脱？那被选择或者被强迫的生活，逼上梁山的窘境，谁没遇到过？束手待毙还是放手一搏？必死的命运，一颗心要如何安然度过？

To be or not to be（生存还是毁灭）？

如今的角斗只是表演。但是角斗为什么能震撼人的神经？恐怕不只是对血腥回忆的好奇，相信也有很多人从这一番表演中感受到

佩特拉禁止车辆在峡谷中通行，最拉风的交通工具当然是毛驴了。（约旦佩特拉）

和自身相关的种种情节。

那个小小的博物馆里我有印象的东西不多，毕竟罗马时代的那些石棺、雕像和马赛克我已经在很多地方看到过。唯有一枚枚小小的陶片引起了我的注意。白纸手写的说明牌子说这是南面那个歌剧院的门票。我看一眼窗外被烈日烤得青翠葱茏的橄榄树，知道那个遥远的时代还没有造纸术。他们用陶瓷制造门票谈不上节约林木资源，但是我仍然顽固地认为，可回收再利用的门票完全撑得起可持续发展——毕竟他们没有使用一次性的门票，不是么？

远处，几个小孩子在空空的帐篷铁架上爬来爬去。我纳闷：他们不需要上课么？或者，他们是附近巴勒斯坦难民营里的孩子？不过，在这座古城里玩耍，也应该算是一种不需要教科书的学习吧？

杰拉什的古代石柱依然故我地屹立不变，但是背景中的城市却已经经历了数个时代的变迁。（约旦 杰拉什）

柏林天空下

对旅行的奔波乐此不疲的人中，有很多人是带着他们对美好世界的向往出发的。他们希望在自己旅行的时候，世界会给他们带来惊喜，他们希望在另一处的天空下，世界会印证他们的想象与期待。

2005 年，“二战”结束纪念日的当口，我还是个记者，和女同事一起去柏林报道纪念日的活动。我们看过柏林墙，看过布痕瓦尔德集中营，看过曾经被炸弹夷为平地的德累斯顿老城，也看过在轰炸中幸免的海德堡。

采访日程安排得异常充实，最多的时候一天要赶十一个采访地点，所以大家累得几乎脱了相。我的女同事在柏林的地铁上居然形象全毁地呼呼大睡起来。冲下地铁的一瞬间，还没来得及庆幸自己没有坐过站，就听见我的同事用 120 分贝的高音惨叫起来：“天哪！完蛋了！我把相机落在车厢里了！”站台上的乘客和站务人员，像惊见恐怖分子一样，将目光齐刷刷投向我们。

我们的向导是位讲起柏林历史就激情四射的大姐，不过说到人

柏林的标志是勃兰登堡门。但是我始终觉得，如果勃兰登堡门的照片里没有这位街头管风琴乐师，就少了点儿什么。（德国　柏林）

情世故，倒也十分冷静客观且理智："这种事情，多半只能随风去了，别抱太大希望。你们不会只有那一台相机，对吧？"有是有的，光我就带着三台。不过，"那台相机是社里的公物啊！刚买的数码相机啊！"那时候数码相机还是有点儿稀罕的。我估计女同事回去一准儿要挨骂并且被扣去奖金了。

"不只是相机的问题啊！那里面有照片啊！我的查理检查站、我的柏林墙、我的帅哥、我的纳粹啊！"女同事果然是失心疯，神经错乱了。我当时真恨不得马上堵住她的嘴，好在她错乱的时候说的是汉语。

我当时的第一个反应是看了看手表：10:45。接下来还有四个采访目的地，今天行程还不算太满——工作狂本色，我们都是手表控，

动物园火车站不仅有来来往往的旅行者，而且为了不浪得虚名，这里真的有动物，比如这位小伙的雪貂。（德国　柏林）

那时候我睡觉都不摘表的。

柏林地铁有种默然的表情：每个人都像钟表上的零件，运行平顺，各归其位。

我决定试试站务人员那间闪着金属冷光的小屋子，死马当活马医吧。

其实打女同事惊叫那一刻起，直到我们发傻想办法的几分钟里，我一直感到有双眼睛不远不近地在盯着这头。出乎我意料的是，小个子站务人员老远就看见我走过来。他的第一个动作，是把大檐帽扣上他亮光光的秃顶。

“是不是把什么东西忘在车厢里了？”

接下来是一大串问题，绝对细致，绝对有准备，绝对礼貌而隐含关切与同情，就好像我小姨妈被火车撞到了，而他是我大姨妈的儿子。

“请在那边的椅子上等着。”他一边抄起电话一边说。

等待是漫长的，特别是当我们飞到万里之外的异国领土上，语言经常被怀疑词不达意，日程像脱轨的列车被意外终止的时候。

当他再次叫我的名字，而且发音居然相当准确的时候，我第 36 次看了一下表：时间过去了 35 分钟。

“请乘坐即将在 4 分钟内到达本站的地铁列车前往动物园火车站，其间不需要转车，在该站的乘务室有一位先生在等各位。他上身穿蓝色西服，大约四十五岁，能讲英文，手里拿黑色塑料袋。祝各位旅行愉快。”

说真的，我不知道该说谢谢还是喊哈利路亚。这个意外看来可以称作奇迹，但是，它真的发生了。

到了德文名字非常长的动物园火车站，我们很容易就发现了要找的人，因为他和小个子站务员的描述一模一样，而且他紧紧攥着那个密不透风的黑色大塑胶袋，在站台上焦急地踱着步子，一副已经内急到无法忍受的样子，让人看着由衷地深表同情。

他看到我们，就如同看到救世主一样。此时，距离小个子站务员打出第一个求助电话已经过去了一个半小时。

“你们丢了相机？”

“是。”

“我捡到了一部相机。”

谢天谢地。

“请问你们是在哪一站丢的相机？”

“在哈克谢市场。”

他点点头，谢天谢地。我的手已经伸了过去。

“别忙。”他一副凛然不可侵犯的样子，表情严肃。

“请问你们的相机是什么型号？”

“索尼 828。”

“请问你们的相机是什么颜色的？”

“黑色。”

“请问你们的相机今天拍过照片么？”

“拍过。”我开始有点儿不耐烦了。酸痛的双脚和背着硕大摄影包的肩膀开始找我的麻烦。我血糖有点儿低，感觉空气不流通，口干舌燥，开始觉得车站里的噪音有点儿烦人，又有想看表的冲动。不过我忍住了，而且很惭愧，因为我看到他眼神坚定，而且他的状态应该跟我不相上下。我的女同事说话已经带着一丝羞愧的哭腔了。

吕贝克是一个游人不多的小城，唯其如此，才得以保留了古风和童真。（德国　吕贝克）

三位天使庇佑下的午餐。谁说德国人只有严谨而缺少幽默？（德国　柏林）

“请问你们今天拍的最后一张照片是什么？”

“威廉二世和丘吉尔。”女同事其实想说威廉二世教堂。

“请问你们相机的出厂编号是多少？”

女同事崩溃了，我和柏林“活雷锋”都笑了。

“开玩笑的！给你们吧，祝你们旅行愉快！两位是来柏林度蜜月的吧？”

哈利路亚！德国人还真是不会开玩笑。这幽默太黑色了！

“万分感谢！万分感谢！”女同事的大脑终于在最后一分钟成功重启！

“你帮了我们大忙了！我们是来采访的中国记者。为了表示感谢，我们回国后一定要给您寄上一份小礼物。请问您想要什么？”面对这么正经八百、没有幽默细胞的德国人，我的女同事大概是觉得，最好还是正经一点儿、直接一点儿。

没想到，她一正经，他百倍于她地正经起来，完全没有推辞的意思。这位柏林“活雷锋”沉默地想了好几分钟。其间，我觉得全场的火车都停驶了。

“健康，我想要健康。”他直直地望向再次崩溃的我的女同事，又看了看我，眼睛没眨。

我们给柏林“活雷锋”拍了照片。我的女同事问了他的姓名和地址，他相当腼腆地回答了她，还说谢谢，最后又说了一遍祝我们旅行愉快。为了让他打住别说“对不起，我把你们误认为夫妻”之类的话，我像狗熊一样笨拙地跟他拥抱了那么一下，然后他急匆匆走掉了。

我们饱经世故的导游大姐居然有点儿双眼泛红，激动得像一个怀春少女。她说:“从他的样子和口音上判断,他是来自前东德地区的。你们也看得出，他不富裕。”

后来我的女同事给他寄了小礼物。再后来，我们继续旅行，从此没了联系。很久以后，我在西班牙一座小城市的一家小旅馆啃着羊角面包的时候，看到当地一家小报上登着一则寻找相机失主的启示，居然用了相当奢侈的一小块版面登出了相机里的一张留影：两个傻乎乎的东方男女，对着镜头摆出傻得冒泡的V字形手势。一看便知，他们是来度蜜月的夫妻。

在柏林，宁静碧蓝的天空下，我们找回了相机，但是不知道，柏林“活雷锋”有没有得到健康。我想，一定会吧。

迄今为止，我会说的唯一一句德语，仍然是：动物园火车站。

在撒哈拉寻找时空裂缝

或早或晚的时候，会感到自己被困在一片无人之境，前进无着，后退不得，头脑和肠胃皆无蠢动的欲望，除了时钟的滴答，一切无能为力地停止了。等待的力量，便是此刻的考验，如此而已。

此时，请让理智谢幕，让魔法登台。

在突尼斯的撒哈拉沙漠正中，头顶的太阳像一架垂直悬停的巨型直升机，说它是外星怪物，同样恰如其分。自己的影子奇妙地龟缩成一个小小的黑点，蜷缩在脚底。出来和沙漠打个招呼不好吗？那个在大白天清醒着的时候片刻不离左右的另一个我！

在恰如其分的空无之中，那个抓紧理智不放的我，执意退场了。

这个时候，生有 450 只巨大复眼的多足怪物在沙漠地平线的另一边，在热风扬起的滚滚沙尘掩护下，发出如雷声一般的嘶吼，在热浪摇曳的模糊视线里，劈空而来。我想起那个如同魔幻世界通灵人的宫崎骏导演，一定在他的某一部作品里呈现过这样的场面。他工作室的名字“吉卜力”，据说意思就是“沙漠热风"。

这里不是外星球，而是撒哈拉。（突尼斯　托泽尔）

人生就是要寻找点儿什么，或者拯救点儿什么——我曾经是这么认为的。但是，能够面对喷着火毁掉整座城市的哥斯拉，或者面对被烈火焚毁的古代城市遗址，同样可遇不可求。有的时候，哪怕是最牛的考古学家，任你怎样寻找，它们就是不出现。此时，怀疑自己存在的意义在所难免。

换个时空再想想：只有被困住的时候，你的头脑才会开足马力思考，不正是好时光？

还是不要刻意隐藏自己。面对困境、没有出路的时候，就应该到更没有出路的地方旅行。此刻面对突尼斯沙漠中连视线都无法挣脱的空无，对我来说正逢其时。

我是个保有理想的现实主义者，所以我不免困惑，为什么要徒

我年纪还小，不过我照样可以梦想成为赛马骑师！（突尼斯　马特马塔）

劳等待哥斯拉。没有理想的现实主义者随处可见，我深深同情着，但是他们从捂住双眼的指缝间偷看哥斯拉的那个动作，让我想笑。何苦花钱、花时间来看怪兽电影呢？其实他们也厌烦了没有怪兽的世界，不是么？

留着可爱的板刷胡子的宫崎骏喜欢沙漠的热风，有着同样可

游客来了，着装不够传统、不够专业的小家伙赶紧离场。（突尼斯　马特马塔）

爱胡子的乔治·卢卡斯也喜欢沙漠，所以他来突尼斯拍了《星球大战》。

宫崎骏的儿子吾郎，不顾父亲的反对，执意担任导演，制作了一部动画电影。父亲宫崎骏看了一个小时就走出剧场。他一边抽烟一边说："好像坐了三个小时。"

"如果因为是初次尝试，就说'做得好，'那是对演出的侮辱。想用一部作品来改变现状，是不可能的，最后还是一成不变。正因为无法改变，才会抱着梦想去做，所以才会继续做动画……"

空无的沙漠，在我耳边用沙沙的风声告诉我的是同样的意思。

正因为无法改变，才会抱着梦想去做。

"世界上只有一种英雄主义，那就是在认清了生活的真相后还依然热爱生活。”罗曼·罗兰也这么说过。不与生活交战，不与自己为难，却依然坚持着的小老头，长长的人生，让那个在他头顶上投下浓重阴影的哥斯拉，像只小猫一样颤抖着。

和宫崎骏相比，卢卡斯的作品多了热闹和诡异，却在空无带给人的震撼方面略逊一筹。东方与西方的哲学，也在此处凸显出最大的不同。岑寂中遥望远方的日本老头，比自认为是 Party Animal 的美国人，更懂这沙漠。而沙漠对全部的哲学报以同样的风声，如窃笑，如低诉，婉转幽咽。

美国人亲手制造出千奇百怪的魔鬼，然后扮演英雄超人，一一斩杀；而日本老头，在他的《幽灵公主》里，被丛林深处的巨大魔神俘虏了一颗心，怔怔地目送它离去，背囊里的弓箭，始终没有出袋。

一切如沙漠般令人无能为力，一切如沙漠般令人一见倾心，快乐欲飞。

我们何尝不是如此！为自己创造了全套的“伪梦想”“真奢望”，经过无数挣扎与牵绊，得到更多财富、更多炫耀、更多征服、更多困惑，全为了别人嫉妒的眼神，全为了自己不甘平庸。还记得自己是什么样的人吗？还记得自己曾几何时无忧无虑地为一只小猫的眼神内心充满着甜蜜吗？

享受生活，何其容易！“买下它，日后好好享用！”这多少次成为活下去的理由。所以，我们买下过很多没有能够好好享受的东西，背负了太多没有益处的垃圾。其实这当中，有太多是别人认为不错的，而太少是自己真正喜欢的。

来沙漠旅行，把一切都抛在脑后，在任何东西不再触手可及的地方，也许才能被迫想想，什么是真正的自己，什么是自己真正想

沙漠绿洲中的奇迹甘泉。（突尼斯）

要的。

空无，就是这样法力无边，帮你找回自己，帮你学会享受百无聊赖的美感，帮你片刻知足。

在撒哈拉的正中，有一条神奇的时空裂缝，需要自己去旅行和寻找。

撒哈拉的阳光。（突尼斯 马特马塔）

愈简单，愈快乐

快乐原来可以是一块泡沫塑料，可以是渔船马达的噪音。

他们的新奇、狂喜，不仅让我觉得陌生，甚至让我觉得不可思议。现在还有多少事情让人觉得或者值得为之欣喜快乐？还有多少机会你能找到让自己大笑的事情来做？金奈的玛丽娜海滩一点都不美，更没有国内受追捧的那些雪山小镇里缠绵纠结的味道和情调。沙滩很宽，阳光很酷烈，湿气浓重，垃圾遍地……这里显然不是值得花上几千块来度假的地方。但是这里黝黑、贫困的人们，却比花得起上万块去享受白沙、碧海、五星度假村和私人管家服务的人快乐得多。

“幸福与否，不在于你拥有多少，而在于你的底线有多低。”此刻，我很想重复自己在以前写过的这句话。

几个少年非常羞涩，却异常兴奋地要和我们合影。这让我们回忆起曾经也争着要和几个少见的外国人合影的小时候的自己。那个时候，我们比现在的他们更幼稚、更简单、更笨拙，也更快乐。那个时候我们在做什么？去大院旁边的小河沟里捞鱼，捉青蛙和不走

如果生活质量高的标尺是微笑的多少而非金钱，那么很多清贫的人会一跃成为富翁。（印度）

运的蝌蚪，那个时候我们能听到蝉声，能看到麦浪和萤火虫，还能用白杨树的叶柄比赛拔河，能推着一个大铁圈狂跑……这些，现在要花去我们几千块人民币、乘上咆哮的喷气机，来这里看。那时候，我们会几个小时地瞪着自家屋檐下的燕子衔来泥土、树枝，然后撕扯自己的羽毛，筑巢……这些，现在我只有在匆匆驰过那个巨大而闻名全球的钢铁鸟巢的时候才会突然回想起来——我无比喜欢这个宏伟的地标建筑，但是，那里没有长着嫩黄色新喙的雏鸟清脆的叫声。那个时候，如果你花上几十块钱，坐火车去看乡下的外婆，兴许还会遇见骑在水牛背上吹笛子的牧童，那样的形象，那样的笛声，仿佛几千年没有改变过。现在，还有几个顽童会吹笛子？

在马哈巴利普拉姆，我们在一家度假村吃了顿朴素的午餐。餐厅的走廊里，放着老板从附近村子里收集来的木桶、木船，餐桌的桌垫上印着这样一首诗：

Why are we anymore unable to
See the grass grow
Hear the cuckoo sing
Touch the morning dew
And be free
To build our own homes
To travel on foot
To enjoy nature
To choose our own way of life
And live in peace

翻译成汉语，这首诗的意思是：

为什么我们再不能
看着青草生长
听着布谷鸟歌唱
触碰到清晨的露珠
再不能自由地构筑自己的梦想家园
用双脚去旅行
享受无染的自然
选择自己的人生之路
并平静地接受命运

听过国内的一个少年问易中天：“诗有什么用？”他回答（大

很多事情，其实没有他们看上去那么重要，重要的是自己喜不喜欢自己的样子。

（印度 马哈巴利普拉姆）

猫不是人们的宠物，它只是喜欢观光人类的世界。（印度　科钦）

概意思）：“我们年轻的时候都喜欢诗，也都写过诗。世相变化万千，纷纷扰扰，现在人们都感觉诗是无用的。的确，诗是属于青春懵懂时代的一段羞涩的回忆。但是，如果你问我诗有什么用，我想反问：‘青春，有什么用？’”

的确，现在还有多少人仍在写诗？

在印度，你会拍到很多漂亮的照片，但是让人最有感觉的，一定不是最美的那张。

旅行之乐，在于遇人。体认民生，直面现实，了解世界的多样才是旅人最大的收获。无论是交谈间观念的触碰，还是遭逢中心智的交锋，都是一种收获。唯有经历这些，才让人真实感到“世界之大，无奇不有”。我们在金奈遇到的第一个司机，便有一段可爱的“斗智”

故事发生。

俗话说："君子爱财，取之有道。"但不见得人人都有机会耐得住性子来"修道"。我们在南印度泰米尔纳德邦首府，印度第四大城市金奈机场入境。在机场门外和印度标志性的黄黑相间的"突突车"拍下第一张留影之后，我们接下来碰到印度第一个出租司机。和这个小巴司机谈好价钱是250卢比，明确告诉他我们要去的地方在金奈Triplicane区的Hotel Himalaya。此人对价格满口应承，但是开了没两步就碰到一个机场收费员，看不出什么头衔，只是马甲兜里放了个"建伍"的对讲机，收了60卢比。然后他先是问我们是否第一次来印度，然后问我是做什么的。我告诉他我是干旅行社的。再然后他告诉我们地方很远，然后又问我们地址，于是我们再说一遍。这人又说不知道，要看地址。我们当然心知肚明：他不过是想找个由头加价。于是我掏出一大本事先打印好的材料给他看，上面的地址写得清清楚楚他居然说不知道，又问电话，我告诉他，他打过去又说号码不对。然后问附近有什么标志，于是我又把资料翻过一篇，在打印好的地图上清清楚楚指给他，他仍然说不知道在哪里。我就问他："在机场的时候说给你酒店的地址，连它在哪个区，附近就是海滩等等都告诉你了，当时你一一称是，价钱也谈得清清楚楚。现在我又讲了一遍，想必你已经完全理解了。要不找人来再翻译一遍给你听？我知道印度人民对中国人民非常友好，他们一定愿意帮忙！"司机一看没辙了，只好把车停在加油站。他想把我们撂在那里"晒太阳"还是自己躲到一边思考对策，我们不得而知。但是我们心里的确老大不高兴，心想：叫板？这里有北京人和上海人，斗智还是斗勇，随便你挑吧。

只要是通过双手获得劳动果实，辛辣的生姜并不比甜美的蔗糖带来的幸福感更少。（印度　科钦）

好在他最后送我们到了酒店，又开口要我们付机场被收的 60 卢比管理费。钱其实不多，但是中国人最受不了的便是“忽悠”！我说：“约定就是约定。既然你事先对这个附加收费只字不提，我们现在当然也一子不掏。你天天在机场趴活，这个规矩想必你不会不知。”他只好悻悻地走掉了。

进到大堂，酒店老板娘问我们：“有什么问题么？”我们相视一笑，很印度地晃晃脑袋回答：“No problem（没问题）.”顿时，快乐的小鸟飞了一屋子，个个都带着得意的坏笑。

旅行日志有什么用？

首先是留待以后回味，免得行色匆匆的旅行回来忘记旅行中的精彩细节。其次便是用作旅行当中的指导。最好把造访城市的地图复印了，如果不能或者不便行前预订酒店，至少也要找几家酒店备选，记录好地点，标出他们在地图上的位置，对城市的大致概貌有个了解，也免得迷路。再次当然是为了记账，统计和控制旅行花费。最后就是让旅行中的点滴心得可以随时落到纸面，所谓灵光乍现的好想法一定会为日后的游记增色不少。

当然，有了这样的宝书在手，如果碰到那些想从初来乍到、人地生疏的游客身上揩油的无良商人，就好像掏出国税局的证件一样，可以顿时让他们断了动歪脑筋的念想。

我这人平素最不喜欢“打一巴掌揉三揉”的“舆论平衡”。但是上文说了金奈机场那个司机之后，今天却想说说在金奈遇到的最后一个出租车司机，挺棒的一个老头。有的时候旅行奇妙，城市有灵，它好像知道你不喜欢它的某个缺点，转眼间便不动声色地把它的得意处秀给你看。旅行经历有时候的确是瑕瑜互现。旅行让你对它毁

光脚开「摩的」，在南印度的司机中算是一种时尚。（印度 金奈）

誉参半、有爱有怨，世界本就是充满波折起伏、充满奇妙的。因此，我们把金奈评为印度“通情达理第一城”和“最真实、坦荡的城市”。

我们在金奈市内观光，拜访了英国东印度公司的第一个殖民据点——圣乔治城堡，参观了圣玛丽教堂（St Mary’s Church），买了村民用树叶制作的纪念明信片，又到当地邮局把他们寄往中国。出了城堡，正在为不知所云的公共汽车站牌和如“小珠落玉盘”般的印度英语困惑之际，碰到一位斯里兰卡老大爷，是个“突突”（三轮摩的）司机。以往几天颇为司机不知道我们要去的地方在哪里苦恼，见他掏出一张老旧的地图，我们不禁感叹：金奈还是有这等专业的司机！

老人很热情，英语也很流利，把城里的情况介绍得有条有理，清晰简明，于是我们去了他介绍的 Anjappar 印度餐厅吃中饭。这里果然干净、美味又便宜，而且是一家创建于 1964 年的老店。这家老店在阿联酋、马来西亚、加拿大、新加坡、斯里兰卡、阿布扎比等都有分店，是一家餐饮连锁企业。用餐的其他客人全都是当地的印度人。看着邻座那些在大热天穿着白衬衫，急匆匆吃着商务套餐的印度人，我们不禁感叹全世界的白领都过着同样食不甘味的生活……倒是外省来的印度旅游团一脸进城后的兴奋，他们高谈阔论、大快朵颐，让原本清静的餐厅热闹非凡。角落里衣装整齐的一对印度老夫妻各自安静地吃着一份 Biriyani（放在芭蕉叶子上的手抓饭）。老先生一脸严肃，全然一副老马德拉斯时代英国式的绅士派头。

吃了饭，我们送给老司机一盒清凉油，要他带我们去市场。他仔细问了我们要买什么东西。这莫不是传说中的“定制旅行服务”？然后他照例回答了一句“No problem（没问题）！”他风驰电掣地

斋普尔之夜。（印度　斋普尔）

带我们去了当地市民购物的杂货街。那个地方果然热闹，不仅有我们想要的印度式铜餐具，而且衣服也是又便宜又漂亮，充满当地风情。更专业的是老头居然知道你什么时候想拍摄路边的风景，不用我们开口，自动把车停在路边。

难得见到服务这么周到的司机，当然约他第二天来送我们去机场。回到酒店突然琢磨出一个旅行心得：原来在印度旅行，城市内的交通工具最好用的是三轮摩的，包车一天比一段一段地打车还要便宜——几次单程打车的费用都在 40 卢比左右，包老大爷的车一天才 100 卢比，还外带导游、向导、导购服务，而且每次逛完一个地方出来都会看到门口笑脸相迎的司机。此后在其他几个城市，特别是科钦的经历也充分印证了这一点。这是后话。

第二天在机场和老人告别。他留下地址，希望我们把合影照片寄给他，还想要一面小小的中国国旗。这让我想起以前访问斯里兰卡的时候听说斯里兰卡王子访问中国，流连忘返，终老在中国；又想起中国政府援建的科伦坡国家体育馆——简直就是北京首都体育馆的双胞胎弟弟。

这里给老大爷做一回广告，免费的：老人叫拉马昌德拉。

④

国度

Countries

（突尼斯）

幸福与否，不在于你拥有多少，而在于你的底线有多低。

火山能教会你该如何拼死一搏，也能教会你如何露出笑容。

一只甲虫的世界观

一只巨大的黑色独角仙甲虫“咚”的一声降落在我面前，那光景恍若“阿波罗十一号飞船”登陆月球。六只分为多个关节的大脚一边慌忙凌乱地在我眼前挥舞着，企图抓住凉廊下的不锈钢扶手稳住身体，一边把轻薄透光如包裹牛奶糖的江米纸一样的翅膀收入钢盔般的暗黑色背甲之中。

第一次梦到鞘翅目昆虫的经历，莫不是发生在这遥远如天边一样的纳米比亚？

“把你的博客账号交给我！”甲虫不容置疑地命令道。

我把行将就木的短小烟头熄灭在装满沙子的铁桶，示意它进入光线柔和的屋内，找个舒服的椅子坐下来说话，免得让其他住客受到惊吓。

“这倒是不妨。但是我至少要告诉网络读者，自今日开始我的博客是和一只甲虫联合创作的吧？”我伸手摸了摸尚在冰箱底部喘息着吐出沙漠热气的一瓶红茶：“等茶彻底冰了更好喝。如果不急的话，等会儿一起喝了茶再办这事儿，可好？”

史蒂芬劳同时兼任这座小小的沙漠机场的地勤、塔台指挥、飞行员等等诸多职务，而且他还喜欢一边开飞机一边玩手机。（纳米比亚 苏赛思黎）

如果不掐自己一下，我会搞不清，这里是纳米比亚的金色沙漠上空，还是迪士尼的卡通电影场景。（纳米比亚　苏赛思黎）

反正只要有内容可写，甲虫完全可以到新浪注册一个自己的账号，用中文还是英文书写都无所谓。注册过程要用中文完成，但我毫不介意为之代劳，并讲解使用方法。反正美国的布什家族在中国新浪都开设了微博，一只甲虫绝对也有发表自己世界观的权利，说不准会更受欢迎。

甲虫迟疑半晌，答应了，似乎有点儿不情愿。

“接下来要说的绝非虚构或者梦境，而是作为自然科学领域中极为严肃的生态学范畴的内容。”

“我喜欢喝稍微冻结到出现冰碴程度的加糖红茶，解渴，味蕾也受到相当程度的刺激，还有种似有似无的咀嚼口感。甲虫先生有

这就是传说中的沐雾拟步行虫。（纳米比亚　纳米布沙漠）

对于一个旅行摄影师来说，最幸福的事情是什么？不是面对这样的时刻心有所动，而是无论多少次面对这样的时刻，仍然心有所动。（纳米比亚　苏赛思黎）

颓废方丹是纳米比亚的世界遗产地，不过它看上去更像是原住民教小朋友辨识各种动物的「生物课教室」。（纳米比亚　颓废方丹）

同样的爱好不？”

“糖分之于我们，可以说如同大米之于中国人。你既然知道了我的口味和偏好，我当你懂得读心术好了。如此这般的人，可以说是寥若晨星。”

其实我对一只甲虫的死活毫不关心，即便它的个头大得如同船头劈开波浪的万吨巨轮，也不会改变它是甲虫这一事实。我不过是自顾自地说着对廉价且不健康的瓶装红茶的喜好而已。不过人类之间尚且存在因为误解而生的爱意或者憎恨，我能强求一只甲虫什么呢?

“甲虫先生，我们有的是时间，姑且慢慢道来。”

“请叫我‘沙漠幸存者奥托’！这是我的真名，尽管我是穿着祖传的马甲来的。”

于是有了一个叫做“沙漠幸存者奥托”的新浪微博。因为显示格式的限制，我加了它关注之后，用户名显示为“沙漠幸存”，非常酷且有种让粉丝为之好奇和共鸣的暗示。有人@它并且感慨道:“我们都是在沙漠中幸存的那一只！”殊不知它只是一只甲虫，阅读留言的，每每都是我而已。

“纳米布沙漠是我们的居所。这片沙漠是纳米比亚的第一大沙漠，位于非洲西南部大西洋沿岸干燥区，是世界上最古老、最干燥的沙漠之一，在纳米比亚和安哥拉境内。它的名字来自纳马语，意为‘一无所有的地方’。面对如此巨大的甲虫你便会知道此地绝非‘一无所有’。我们并不是你所认为的什么‘独角仙’，而是叫做沐雾拟步行虫。”

“沐雾拟步行虫？”我不禁充满神往地重复了一遍，少有几个领域像神奇的大自然一般令我心旌摇曳。

“不必觉得自己孩子气。大自然眷顾的只有天真的孩子而已，大人不过是自愿放弃了天地庇佑的族群，和我们完全无法沟通。”

得了，它连我脑海中自责惭愧这种一闪而过的念头都读了出来。看来真正懂得读心术的，绝对是它而绝非是我。

“我们不是步行虫，是拟步行虫，沐雾拟步行虫！”它拼命摇晃着一双触角纠正道。

“为什么是沐雾拟步行虫？”既然它懂得读心术，一定知道我提问的重点是“沐雾”二字。我不想跟它继续纠缠拉丁文学名。我脑海中浮现起晨雾中披着若有若无薄纱的窈窕少女的曲线，非常好奇地等待着甲虫的反应，急切想知道这种潜意识的挑逗，会引发什么样的反应，并且暗自觉得：读心术真是令人销魂。

“这名字的由来其实没有丝毫浪漫的含义，情色的吸引力更是谈不上，完全是沙漠求生所需。因为纳米比亚的沙漠中可能连续十年都不下雨，所以为了获得每日必需的水分，我们作为沐雾拟步行虫，每当晨雾来袭，就把身体前倾、屁股抬高面对着大海的方向，好让来自水面的雾气凝结成水珠，顺着翅鞘上的沟槽，沿着前脚，流入口中。沐雾步行虫一口气可以灌下容量超过身体40%的水分。”

还说谈不上？这不是情色，而是彻彻底底、地地道道的咸湿。

“乏味的人类，脑子里永远少不了那点儿东西。”甲虫奥托又开始运用它的读心术了。

“我要说的，是关于食物链重要一环的粪便，社会织巢鸟和瞪羚的粪便。”

重口味的专有名词来得太过海量，且具有不容争辩的学术严肃

天空高远，羚羊悠闲，抛开一切的漫游欲疯狂生长。（纳米比亚 埃托沙骨架公园）

我打开香槟欢迎游客，落日负责渲染气氛。（纳米比亚 苏赛思黎）

在鲸湾的一天，运气好的旅行者可以同时看到天空无数的海鸟、蹿上快艇的海豹、戏水的鲸鱼、海豚和游弋的巨大翻车鱼……运气不好的话，也有阳光和大海让你无比平静。（纳米比亚　鲸湾）

性，我一时觉得呼吸困难，胃肠痉挛，并伴有强烈的欲呕感。

社会织巢鸟和瞪羚，明明都是中文，但二者的联系实在是难懂得如同生物学者和药剂师专用的拉丁语一般。当然，拉丁语教师也用拉丁语。除此之外的拉丁语使用者如同可乐罐子上的水珠，只在特定环境和场所才会出现，如同在这个叫做“颓废方丹（Twyfvlfoutain）”的地方出现的甲虫奥托。

“社会织巢鸟在纳米比亚和南部非洲有大量的分布。游客们注意到的往往是它们巨大的巢穴，而不是鸟儿本身。”奥托继续不出声地和我交谈。

“这就如同我们想到幸福脑海中就会浮现出大量的钞票，而不

巨大的织巢鸟巢穴。（纳米比亚荒原）

这只沙鼠非但不恐惧人类，反而对我的相机镜头很感兴趣。这也许是它毕生唯一一次看到自己的样子。（纳米比亚　颓废方舟）

是其他。”

“正确！”

“但是幸福的巢穴不仅仅是钞票而已。这就如同沐雾只是我们名字的一部分，对你们来说意味着晦涩的心理暗示，而对我们是焦渴的、事关生死的现实。”

“姑且听你说下去吧。”

“社会织巢鸟的神奇之处在于，它能像人类一样编织巨大的社交网络，它们群体工作，任劳任怨，用枯草建筑起巨大的巢穴，在金合欢树的树顶铺陈着它们的巨大王国，如同你们的居住区密密麻麻、叽叽喳喳群集起上百户人家。这样做的目的是为了在荒漠地区寒冷刺骨的夜晚可以保存一定的热量，在烈日的炙烤下又能获得相当的阴凉。它们是无防御能力的草食鸟类，但是因为强大的筑巢本领，甚至会吸引本来意义上的天敌——一种体型最小的纳米比亚隼鹰。隼鹰一旦入住，便会突然改变性情，充当起鸟巢的守卫者，抵抗来袭的其他隼鹰，背叛了同类。你可明白？”

“为了不再当什么‘房奴’而背弃同类，我相当理解，并且同情，这是不带任何道德判断的理解，因为在我来的地方，也发生着同样的事情，如此而已。”

“社会织巢鸟每日会产生大量的粪便，如雨点般纷纷落下。这是改变了世界某个角落生态链条的重要粪便。”

“它们是如何在某种程度上改变世界的？”

“粪便是瞪羚的休闲食品，且颇受欢迎，会在那些无知、从众心理很强的食草动物脑内产生没来由的兴奋和满足感——你们称为‘幸福’的东西，一如你们的巧克力，非必需品，但是受欢迎。”

“我们的确喜欢小颗粒的巧克力，不过会给他们起个好听些的名字。”

“粪便包含的糖分、矿物质、无机盐，经过瞪羚的肠胃之后，排出体外，成了我们用来繁殖后代的资源。”

“没有它，你们便没有后代，没有未来。”

“如此说毫不过分。”甲虫奥托煞有介事地对我的判断予以肯定。

“而我们负责疏松土壤、清理过度密集的自然垃圾与动物残体，使得荒草更加茂盛地生长，为社会织巢鸟提供建材和草籽作为食粮。”

“除却人类砍伐树木造成的不可挽回的伤害，我们的循环其实

为什么全世界的男孩儿，总有那么一阵子会钟爱枪支？他们长大后，有的果真成了枪手，有的成了玫瑰园丁……还有的成了摄影师，用拿枪的姿势，瞄准玫瑰，全神贯注、屏息等待着它开放的瞬间。（纳米比亚）

千万年以来一直在运转，在世界边缘不受人类关注的角落里。”

“不受人类关注，是千真万确的幸福！”甲虫奥托清了清嗓子，那响动如同麦克风突然发出的尖利噪音，不容小觑地预示着它即将进行的所谓“总结性表述”。

“你和我们一样，都不过是悬挂在一条无形食物链中的某个环节，但只有在这里，在似乎遥不可及的纳米比亚，你才拥有如此巨大的空间，可以关心你真正应该关心的事情。”

这时，我饱含歉意地发现，冰箱里的红茶已经完全冻结，就在意识如此蹑手蹑脚地轻轻划过的片刻，我感到甲虫奥托内心升起颇

在纳米比亚，对羚羊审美疲劳是早晚的事情，但是那片富于变化的天空却从未让我感到乏味。（纳米比亚 埃托沙国家公园）

为强大的怒气，我脚下的整片大地随之疯狂摇晃起来……

黑人向导刚好把车子停在一棵像核爆现场的蘑菇云一般巨大无比的金合欢树下，树顶上盘踞着一个体量骇人的干草堆。车轮碾过一块顽石猛地刹住，是震动摇醒了被睡魔俘获的我。向导诧异地看着我，嘴角挂着半个微笑，正要展开他的又一次讲解。

“Social Weaver（社会织巢鸟）！”我脱口而出，而且居然是英文！还忙不迭地用袖子抹去因为瞌睡而从麻木的唇边流下来的口水。

回忆，如同自南大西洋幽暗深处某地慢慢浮上水面的巨鲸，正酝酿着又一次发出震耳欲聋的喷水。一个漫无目的的旅行者，一个在精神和物质双层面都无所求的旁观者，却意外成为见证这一切的少数人之一。

我想看的是人，却满眼是神

马杜赖是印度教的圣地，古代印度教七大圣城之一，位于泰米尔纳德邦南部的韦拉伊河畔，人口约 90 万，是一座有着灿烂文化的历史名城。

我来马杜赖是为了看米娜克希神庙，也是为了看人。

有个俄罗斯学者在他的书里写着：“印度有 3.33 亿个神。”因特网告诉我印度人口有 12 亿——看来在印度，神的人均占有率不低。

我常常在想：旅行的目的到底是什么？有只可爱的青蛙曾经告诉我，它很自信，因为它对世界的各个角落了如指掌。后来有一只西瓜从它的井口掉了下去，它才发现事实并非它想象的那么简单。还有个叫楚门的人偏偏不信别人告诉他的话，在他的世界边缘凿了一个大洞，发现了一扇出去的门。所以《楚门的世界》这部电影的名字似乎不应该这么翻译，而应该译作“出门秀”才对。其实旅行到底是为了什么的答案，就写在马杜赖米娜克希神庙南门门塔地面向上 18.5 米的空中。

锡克教长老们是我旅行途中遇到过的最配合拍照的族群，而且个个都很友善，个个都很上镜。（印度　新德里）

你搞不懂这是什么意思？搞不懂就对了，自己去看看就会知道。旅行就是找个人，找个地方告诉自己，这个世界上果然还有很多自己搞不懂的东西，原来生活的地平线还可以延伸、再延伸，原来这日子还是这么值得熬下去、再熬下去，一直到出发旅行的时刻到来！

在我们的世界里，欲望是年轻人的神，位置是中年人的神，时间是老年人的神。这是无人能够逃脱的宿命。这么说来，似乎是没有无神论者的。

米娜克希那几座高高的门塔和幽暗的庙堂是肩并肩站着的，需要你数上几个昼夜，而且那些神明无一雷同：有年轻人喜欢的，有中年人喜欢的，有老年人喜欢的。你可以随便挑一个去崇拜，也可以一个都不当回事儿地静静欣赏他们一整个下午。

原来，让自己搞不懂的东西是那么可爱，那么值得为它们花去一部分生命。

“我想做一名医生。”

一个 15 岁的黝黑少年，挥舞着干瘦的手臂自顾自地诉说着，双眼直直地看着我,仿佛面对的是他看得见而我看不见的什么东西。事实上，的确是这样。

那时候，马杜赖酒店的天台上，只有我们两个人。我们能听见厨房里忙碌的厨师做饭时发出的炒勺与铁锅碰撞的声音。远处米娜克希神庙魁梧的身躯，正从第一缕晨光照耀下慢慢退却的云影中渐渐浮现。不怒自威的表情,让我感到一切神话都有无可辩驳的真实性,潮热的空气透出令人微微战栗的寒意。

“你一定会成功的。请先给我来一杯冰水！谢谢！”

我不知道自己是在打发这个不请自来的少年，还是我自己不请自来的混乱念头。那时候我刚刚从开了一夜空调的房间里爬上顶楼的餐厅，牙都没刷。

我相信并行存在的异度空间，我相信有截然不同的接触不到的世界。现在，它突然对我打开了大门，任我偷窥其中的异象。

马杜赖混乱嘈杂的城市天际线横陈在眼前，耳边是陌生而又熟悉的声音，如同鬼魅的哭泣。那是忙碌凡人的争吵和叫卖声，还有不远处火车站里传来的车轮与铁轨碰撞的尖利摩擦声。因为酒店里没有油滑的美国式英语和穿着亚麻衬衫或者 T 恤的身影打扰，我本可以放任自己的头脑幻想这个晨昏未分的时刻会显现出怎样的神迹。但是，这个少年无声地出现在我身后，说出了自己的梦想。

也许，每个大胆坦白的梦想本身，就是神迹。

在印度，你绝对会赞叹那里诸神聚会的阵势。（印度　新德里）

长发、梳子、钢箍、匕首、短裤是锡克教徒的五大信仰标识，与他们终生相伴，须臾不离。（印度　新德里）

游客们来这离家万里的遥远所在，到底是为了看到让自己感到全然无助的另一个世界,还是为了旅游网站上耳熟能详的景点写真?哪样才是实现了自己的远游梦想？我们又到底是为什么这样执迷地需要梦想?

小男孩怯生生地拿着冰水，走到刚才我站立着远眺的地方。我知道，只要我随便对他说些什么，便会听到一长串故事，诸如他白天上课，晚上打工，家里有十一个兄弟姐妹，母亲在生病，所以他想当一个医生。在印度，如果你有强健的身体，能打板球，并且有足够的运气，就能称为明星和富人，但是他没有，一样也没有，也许是这个原因让他梦想成为一名医生……事实上，后来我也听到了这些。但是那当下，我只是望着他，看到了他青涩的微笑，看到了他一息尚存的灵魂。

我微笑着递上卢比，肮脏、破旧的纸币，指给他看正面的甘地肖像，那个为了灵魂舍弃肉身的干瘦老人。有很多次，我见过这样的灵魂，其中一次是在巴基斯坦山区，白沙姆的星空下。一个穿着长长披纱的少女，走到一群守在三脚架旁边，用相机和摄像机对着天空企图慢慢吞下整个星空的人身边。很显然,她把我们当成记者了。她说：“我想做新闻记者。”

说完竟然从容地把纤细的小手伸到了我的面前。我轻轻握了一下：“很高兴认识您，女士。”我当时谦恭的微笑出自真心。她冰凉的汗水浸透了手心。

当时有一些雪山，在远处微笑。

每个人都有一长串故事，当他们还年轻的时候；每个人都有一长串沉默，当他们渐渐长大。

印度拉贾斯坦邦的居民素以能歌善舞著称。不过在我看来，印度各邦的居民似乎无不热爱歌舞，并乐天知命。（印度　新德里）

在马杜赖，有两样东西最让市民引以为傲：一是座座高耸的神庙高塔；二是遍布各处的纱丽店铺，其中绝对不乏百年老店，货品更是琳琅到让人目眩。（印度　马杜赖）

我的古怪念头跳到更远的地方：有一个头发微秃、目光并不友善的老头叫做海德格尔。他说，人是被抛入世界，身不由己来到世间，能力有限，处在生与死之间，对遭遇莫名其妙，在内心深处充满挂念与忧惧而又微不足道的受造之物；他们处于众人之中，孤独生活，失去自我，等待良心的召唤。

远处，是高不可攀、密不透风地站满了神明的米娜克希神庙的高塔。正是海德格尔所说的注定会消失无踪、无助又无辜的受造之物，建造了这些高塔。是他们创造了神明，还是他们受到天启看到了神明？我不知道，因为他们触到的，我还没有。但是我相信，你触不到的，并非不重要。

马杜赖寺庙众多。那些密不透风地站满了五彩神像的高塔鳞次栉比，被当地人直接称为「庙城」。（印度 马杜赖）

每个人都希望被看到，希望有人见证自己曾经活过。

我是个古板的人，所以，对混沌和未知有着不可抑制的、强烈的好奇心。印度，就是这样混沌得让我兴致盎然的国度。

有一个下午，我站在办公楼那条长长的、曲折的露天楼梯上，吸着一支烟，看着面前长安街渐渐入夜的灯影，汽车汇成长长的、笔直的、红黄两色的光的河流，城市的天际线上布满了秩序井然、棱角分明的楼宇。一切都安排得当、中规中矩，连落日都好像下班时慢慢走向打卡机的员工。我不禁想起了马杜赖的那次旅行，想起了自己豁然开朗地看见米娜克希神庙金顶的那个下午。

在马杜赖的第一个下午，我慌张地找着酒店。马杜赖不仅仅是一座神庙之城，也是混沌之城、莎丽之城，城里有很多专做莎丽的服装店，其中不乏国内成功人士念兹在兹想要成为的“百年老店”，不过他们的营业面积可能只有几平方米，招牌也宽不盈尺。

在我摸不着头脑的时候，一个憨憨瘦瘦的小个子中年男人上来打招呼，脸上带着很阳光的笑。他要介绍酒店给我，并且告诉我，他是一个裁缝。

马杜赖的酒店入住率的确出乎我的意料。一个印度南方的小城镇，全镇的旅馆居然几乎客满，皆拜周末的祭神节日所赐。在马杜赖，有空调的高档酒店价格不菲，而且客房早早即预定已空。没有办法，我只好抱着撞大运的心情，笑纳他的邀请，四处转转。

两个小时迅速流逝。很多酒店都没有电梯，需要住客爬上高高陡陡的楼梯才能抵达狭小的房间，而且没有热水。我不算是一个很挑剔的人，西藏的木板房和佛罗伦萨的大通铺我都睡过。不过那天，我太太的状态不是很好。我把她留在神庙附近，自己四处寻找住处。

我惊异自己如何能在炎炎烈日下拽着这个小裁缝接连不断地狂奔过六七家酒店的前台，且爬上爬下地看房间。不过他好像丝毫也不在意，一家一家推荐着。终于有一个黑胖的老板半睡不醒地回答说有二楼的房间，而且有热水。我连忙追问是不是24小时热水，他充满自豪地冲我微笑了一下，用印度腔调很重的英语回答："Yes！ Sir."然后指了指脚边放着的数个银光闪闪、充满印度风情的白铝大水罐。

看到我失望之极的眼神，黑胖老板大惑不解地问我为什么不能接受这家酒店。我头脑中翻腾着面无表情的印度服务生扛着这样的罐子，谦恭地把热水送到我房间的情景。

我从后街的阴影里走到烈日下，仍然在惭愧自己的挑剔，回头看了一眼小裁缝。他知道我最终还是不知所措了。他看看我手里厚厚的英文版《孤独星球》，知道我最终还是会回到书上介绍的——那家价格便宜但是楼道昏暗、龌龊得如同恐怖片外景地一样的酒店去，于是释然地笑笑。我们两个人不约而同地在垃圾遍地的街道边找了一个台阶，坐了下来，不约而同地说抱歉。我递上一支中国香烟，他递上一张薄薄的名片。

"我的裁缝店就在那边的街角上，有时间就来看看吧。"

"我太太一直想买一套漂亮的莎丽。"我想，我们都对这一刻的邀请和许愿不抱太大期望。

我终于还是在"恐怖片大酒店"安顿下来。拎着一大串钥匙的看门人把我们领上酒店的天台，正对着神庙的天台。嘈杂混乱的街道上传来下课学童响亮的笑声，烟尘蔽日的天空里赫然多了神庙金顶的装点，在横七竖八的电线丛林和横冲直撞的三轮车流上空闪烁着神圣的光芒，让周遭的一切都变得好安静。

在神庙里虔诚地向心目中的神明献上一盏灯，然后到老城的店铺里买上几件心仪的黄铜餐具，是很多当地人让周末变得快乐的方法。小店主煞有介事地把铜器称重——在印度，漂亮的传统餐具是按分量来定价的。（印度 马杜赖）

我点着了一直叼着的那根烟，想驱走整个下午奔波的疲累。突然间，我很想知道那个和我一起跑过一条条街道的小裁缝，他点上那支来自遥远中国的香烟，是不是也能体会到和我一样的凡人的小小快乐。

顺便一提，我们当天晚上决定去那家有空调的酒店吃晚餐。门口穿着制服的大胡子门卫看见我们，熟络地微笑着，伸出一根手指，指指天台，又指指前台。我的朋友灵光一闪让我再问一次是否有房。等我急匆匆地奔过去，前台经理告诉我："现在刚好有空调房了，而且是两间。你们运气真好！"

那个小裁缝的店，我们最终也没有去。

我太太最终在另外一家更靠近神庙的服装店里买到了喜欢的莎丽。在那家装了明亮日光灯的"百年老店"里，几个调皮的店员拿着我的独脚架，兴致盎然地摆弄着。我故意不告诉他们那是做什么用的。他们有的把独脚架拿来夹在两腿之间装扮成骑着扫帚在天上飞的女巫，有的握着它装成垂垂老矣的农夫，还有的挥舞着它扮成中国功夫表演者，最后一个干脆认定它是盲人用的手杖。对他们来说，那根铁棍给他们带来了凡人的小小快乐。

离开这座城市之前，我又掏出小裁缝的名片。那家店的地址一定是在一条小街上，而我在《孤独星球》的地图上，根本找不到它。

再后来，那张薄薄的名片也找不到了，我只在心里留着关于那个马杜赖小裁缝的淡淡遗憾。

八分之一秒的童话

我对一个地方、一座城市的第一印象是这样来的：当我第一次面对那里的某个人，直视着他或她的眼睛，明确无误但可能一言不发地告诉他或她我要拍摄一张照片的时候，他或她脸上的表情如何，我举起相机的那几分之一秒之间，印象便形成了。

面对从遥远的地球的另一个角落飞来的摄影师，他们脸上的微笑、疑惑、愁苦的表情便是那个决定性的瞬间，并成为我对一个国家、一座城市的回忆。

在缅甸的仰光，我拍的第一张照片是一位穿着红色袈裟的小和尚。

这个缅甸童僧，什么也没说，只是站定脚步，扶了扶身上的袈裟，微微歪向一边的纤细身体仿佛马上要逃出画面，脸上的表情分明像普通的六七岁男孩一样，害羞又好奇，甚至有点儿委屈和不耐烦，紧张地摸索着自己僧袍的手指好像在说：“谁让你是大人呢？没办法。”

缅甸的寺庙里金佛众多。到底有多少？千万别数，那是不可能完成的任务。（缅甸　仰光）

他一个人站在仰光大金塔的门前，有点儿不情愿地配合我拍下一张照片，却没有等我拿出一张脏脏的纸币给他当礼物。

这个小男孩，光光圆圆的小脑袋好像是什么也藏不住。不过他的表情，着实可说是一言难尽。我们乘着螺旋桨飞转的小飞机，搭乘“突突”作响的伊洛瓦底江渡船，坐在气喘连连的小马拉着的木轮车上穿过村镇，看过无数个男人女人、男孩女孩的表情之后，觉得他们藏着什么心事似的，欲言又止。

仰光，在我的印象里，是一座暮光之城。

缅甸 4 月的白天，在乔治·奥威尔的书里是白蜡一样的半融化固体。而我的皮肤触感告诉我，那是一张张曝光过度的照片。我相信即便是到了北京严寒的 12 月，回想起在仰光的第一个下午，仍然会让我感到暑热难当。“在阳台的屋檐外，日光普照，如同闪光的白蜡。”他写道：“竹林里的几只鸽子一直在低沉而单调地叫着。这叫声同高温倒也相称——是一种充满睡意的声音。不过这可是麻醉剂的睡意，而非催眠曲的睡意。”这是他的《缅甸岁月》里最好的环境描写了，稍微有点儿自怨自艾的幽怨腔调。但是书中的环境和风俗描写却堪比话剧舞台上隐藏在追光灯后面出色的背景，而这本儿小说也成了我们旅途中的出色背景，淡淡衬托在不同的村镇里、不同的檐下和不同样式的凉椅上，伴着不同声调的古怪鸟鸣，时不时博得我对周遭环境的共鸣，并会心微笑，其中一定有鸽子。其他的鸟类属于什么品种，我不费心去辨别，恐怕也无从知晓。

这样的白天，明白无误地告诉我出门旅行前的向往和冲动是怎么一回事，现实和内心的世界又有多么迥异。炎热和潮湿的缅甸空气，仿佛是个设计错误的巨大电容，瞬间吸干了我体内的小小蓄电池。曾经想做这做那的雄心壮志，现在只剩下一个念头：“找个有空调的地方喝点儿冰凉的东西，看着街道发呆才是正经事。”

旅行者是多么会自欺欺人。他们向往着远方的跋涉，其实是找个地方，能让自己在现实面前的无能为力显得名正言顺。面对时光流逝，游客身份其实是最好的挡箭牌。

猜硬币时，只有在硬币还没有倒下、谜底尚未揭晓之前，人们才会莫名兴奋。

据我所知，整个仰光最凉快的地方叫樱花大厦。大厦一层的松下电器和雅马哈专卖店显示出它的日资身份。不过显眼的橱窗里摆放着的热门商品确实与别的日本电器行大异其趣：列队迎宾的居然是柴油发电机。

我们住的酒店叫“白宫酒店”（White House Hotel），不过它更容易让人联想起白公馆而不是华盛顿，因为不仅建筑狭窄昏暗，气氛还有点诡异，唯一能采光的地方是顺着陡直楼梯、摸着扶手让人爬到气喘的天台餐厅，而且更要命的是，在仰光停电是家常便饭——并非停五分钟十分钟、停下脚来喘口气的停法，而是彻底脑死亡的停法。一夜过去，当酒店里洗澡洗到一半的人已经带着没冲干净的肥皂泡沫睡醒了觉，已经不再关心何时来电的时候，才会偷偷摸摸地重新来电。半死不活的应急灯家家必备，而且在这场和酷热进行的旷日持久比赛中，本应经常坐冷板凳的应急灯选手，却成了场上真正的主力。酒店门口色彩鲜艳的二手日本柴油发电机终日轰鸣不已。幽暗的环境对缅甸人来说可能是逃避暑热的天堂，不过对匆匆而过的游客来说，的确是一种折磨。

樱花大厦则全然不同。运行时悄无声息的电梯，居高临下的空调餐厅，简直是毫不含蓄地把自己和脚下十几层的世界隔绝开来，那里奢侈的清凉，简直让我们有种犯罪感。在这里可以眺望著名的仰光大金塔，那是缅甸沉沉夜空里除去海外领地一般的樱花大厦以外，唯一彻夜灯火通明的地方。

仰光最独特的地方是阳光灿烂时，你的心情并不灿烂，夜幕低垂的时候才让人感到惬意自在。表面热闹的街市让人感到冷清，清心寡欲的佛塔倒是让人觉得热情亲切。

我们去了两次大金塔，因为仰光其他可去的地方实在乏善可陈。也是在那个地方，我发现了旅行和宗教类似的地方，甚至说旅行也是一种宗教也未尝不可。因为两者都只把目光直直地投向美好的事

作为一个旅行者，我不可能知道缅甸人在庙堂里祈求的究竟是什么。但无论内容为何，祈祷这个动作对缅甸人来说是不可或缺的——至少庙堂为他们提供了遮蔽，让他们可以躲过正午的烈日。（缅甸 仰光）

物或者美好的梦想，暂且不管背后阴影里的现实。

我很喜欢吴哥，因为它有种朴素的真实感，未加掩饰的残破成就了一重不同的美感。缅甸的大金塔不同，从我第一眼看它开始，脑海中就显现出“粉饰太平”四个字来。本来就高耸巍峨，像孔雀一样张开翎毛夸张自己身形的一座巨塔，已然是金光四射的刺眼塔身，彼时仍然在修葺，目的仍然是贴金。

缅甸的钞票，张张面额巨大，张张油腻污黑，好像已经在几代人手里辗转过多年。缅甸街道上飞驰的汽车，通常是来自各个国家的二手老爷车，其中不乏从中国云南沿着陡峭、颠簸的红土路开来的没有引擎盖的拖拉机，还有漂洋过海而来的日本20世纪50年代的公共汽车——如果你看过宫崎骏的《萤火虫之墓》，你对它们一定有印象；如果你是日本人，车厢里的日文一定会勾起你对战后“明治时代”的怀旧，说不定还会摆出那种傻得冒泡的“V”字手势跟它合个影。

但是仰光的大金塔，却让人恍惚觉得这个星球上最大的金块就在你触手可及的面前。而且在仰光豆灯点点、忽明忽暗的沉沉黑夜里，在因为飞扬的尘烟而染上轻淡紫色的暮光里，它通宵达旦地大放光芒。

大金塔的游客门票是5美元，缅甸人则可以免费在里面待上一整天，其实是想待多久都行。这是我在里面遇到的一位自称是大学老师的老者告诉我的。他说我长得和缅甸人非常相像，如果穿上他们的传统服装“罗衣”，不知道可以省掉多少门票！

其实我倒不是很在乎是否省掉门票开支。我第二次去的时候，遇到的缅甸人已然非常惊诧。他们看见我胸口贴着不干胶标签，知信徒们献上鲜花和僧侣队列穿过大金塔寺院的时候，太阳已经西斜。过不多久，这里即将被黑夜笼罩，而大金塔，则会成为仰光唯一彻夜灯火通明的地方。其他地方，每天都会不定时停电。（缅甸 仰光）

一个缅甸少年的成年礼。他即将削发为僧，度过很多缅甸人一生中的必经阶段。（缅甸　曼德勒）

道我是个游客，一面高兴地赞叹我“还真是喜欢缅甸文化”，一面调皮地眨眨眼睛，那意思是：“又被宰了一次，你不肉痛吗？”

缅甸传统的男装“罗衣”，其实就是筒裙。它就是把一块布拧几下，缠在人的腰部做成。缅甸男人还时不时松开腰口的这块布透透气，凉快一下再系紧。即便只是一块布，对缅甸人来说，也是炎热的负担。他们超爱嚼槟榔，几乎每个男人都是如此。混合着石灰粉的浓厚植物汁液被牙齿挤压出来充满口腔，据说可以提神醒脑。但是这血红的汁水也同样会把嘴和牙齿变成不折不扣的血盆大口，把街道变成血光处处的“案发现场”。但是，他们在庙宇里绝对不会吐出这样的“血水”。庙里头还有一群快活劳动着的女人，不停地跪着擦拭地面。

如此干净、清凉的地面，对缅甸人来说有着磁铁一般的吸引力。金光闪闪的佛塔，在华盖的阴凉下，简直是虚拟的人间天堂、佛境乐土，天国的快乐仿佛触手可及。尤其是在晚上，暮光里闪烁的金色佛塔和佛像背后用 LED 装饰着的神光不断流转闪烁。即便是全城停电的时候，大金塔的自备发电机也会在瞬间启动，保证佛光永远普照。在这里，国家电网停电造成的短暂黑暗，像佛光的闪烁改变了一下频率、僧人诵经更替了一种腔调，一切都发生得那么自然合理。

仰光大金塔的暮色里，还有一重景象让人想到西天乐土，就是满脸带着幸福微笑给佛堂献花的善男信女。他们用清水洗净花钵，

庙堂的清凉和明灭闪烁的烛火，的确能让人在缅甸的燥热中感觉到自己已经置身天堂。（缅甸　蒲甘）

蒲甘有众多漆器老店，店主以展示艺人生产的过程为傲。如非亲见，你很难想象如此体积的漆器是用一根根细竹篾拼贴起来的。（缅甸　蒲甘）

捆扎好大把的花，双手郑重地端着，送到佛堂里面去。

《缅甸新光报》是一份英文报纸。我在缅甸另外一座城市的酒店里看到大堂茶几上放着一份，就好奇地拿来翻了翻。那天的报纸一共也就十版左右，一半的篇幅是关于党政要员前往新造的大佛塔主持建成仪式，通栏的标题，大幅的照片，要员们打扮得光鲜亮丽，甚至有些亮丽过头了的女孩子也有特写：她们涂着厚厚的口红，眼线画得一丝不苟，表情十分木讷和无辜，完全不知所以然地看着镜头。剩下的几个版，填充着北欧的帆船赛、斯诺克对决、英国女人的减肥锻炼、老虎和兔子和平共处的奇闻趣事等，还有大半个版的西方填字游戏。我注意到薄薄的报纸没多少广告。

和轻薄的报纸相比，在佛堂里遇到的缅甸人则更加健谈。他们喜欢中国，以去过云南为荣。他们提供的海量信息包括街上跑的汽车是如何奇贵无比，而且必须从政府公司里购买。我希望自己没有听错——两万美元买个叮当烂响，如同深海巨型乌贼一样喷着墨黑浓烟的老汽车的确可以说贵。我当时就不心疼自己和太太每人两张5美元的门票了，更何况庙里还可以喝到令我大为惊叹的免费矿泉水，还是冰镇的。饮水机四处都是，还有专人经常清洗。他们也会告诉你缅甸没有免费的教育，学费还很高。所以，买点儿孩子们手里粗糙的工艺品吧，权当积德行善。

我回国以后查了一下外交部网站，上面对缅甸的教育是这么说的："政府重视发展教育和扫盲工作，全民识字率达94.35%。教育分学前教育、基础教育和高等教育。学前教育包括日托幼儿园和学前学校，招收3-5岁儿童；基础教育学制为10年，1-4年级为小学，5-8年级为普通初级中学，9-10年级为高级中学；高等教育学制4-6

年不等。截至 2006 年，共有中、小学校 40548 所，高校 156 所，教师 11252 人，学生 42.8 万人。”顺便说一下，缅甸有约 5540 万人口，全国 85% 以上的人信奉佛教。官办的“缅甸之声”是唯一广播电台，建于 1937 年。全国有两个电视台，一个是缅甸电视台，建于 1980 年；另一个是妙瓦底电视台，创办于 1995 年。临近的泰国有人口 6304 万，实行 12 年制义务教育。这也是外交部网站上写着的。

当然，国家电网经常停电，国家公路破败不堪。这个他们不用说了，我看得见。日资的樱花大厦和蒲甘的樱花大酒店从不停电，其奢华直追巴厘岛。这个他们没跟我说，估计他们也不知道，但是我也看得见。

再有就是庙里经常有人给你算命——别担心，他们不要钱。他们只是通过你的生日，告诉你应该去给从右边数的第几个佛像淋水等等。我觉得这实在没有必要，不用算了，怎么说我都比他们命好。

我看着绵延到视野尽头的无数个金光闪闪的佛塔，上面铺着无数善男信女捐献的无法计数的黄金，下面半躺着无法计数的悠闲无事做的缅甸人，有无数的鲜花和无数缭绕着青烟的香台。这是永不停电的仰光大金塔，有永远喝不完的、清凉干净的矿泉水。庙里的世界，真是天堂。且不管庙门外还有着无数的喷吐着鲜红槟榔汁水的血盆大口，躺下睡个午觉吧——先凉快一下再说！

票房密码破解之旅

“您在看什么？”我问一个坐在夕阳下的贝都因老人。

四驱车奔驰在突尼斯广阔沙漠上的时候，我分明感觉时光凝滞。面对他脸上我们久违了的幸福，我不免心生好奇。他目光所注视的，在我看来不过是远处地平线上一个并不存在的点。

“沙漠。”他淡定地回答。我相信这沙漠他可能已经看了50年，但仍然没有看够。落日正在他苍老的面容和随风变换身形的沙丘上，一秒一变地缓缓涂上千万种浓淡不同的暖色。

幸福如同注定的天意，竟来得如此简单。

对于一个眼光挑剔的旅行者来说，奔驰在突尼斯宽广无垠的土地上，会重新唤起他随着岁月日渐麻木的感官；对于一个执迷并乐于体验文明辉煌的探索者来说，突尼斯也能够亲切平和并且出其不意地讲述深刻而具韵味的历史迷局——它有自己讲述故事的独特方法，生动而不失诙谐；对于一个精力充沛的运动型旅行者来说，这里具有施展魅力的无垠沙漠和浩瀚天宇，有他内心一直渴望的巨大

突尼斯的蓝白小镇——西迪·布·赛义德。（突尼斯）

空间。自由，将给他的内心和躯体带来无穷的正面能量。

与我一同来突尼斯的朋友当中，有三分之一坚称《英国病人》是世上成功的商业文艺片——他们是来看电影里的骆驼山的；另外三分之一是铁杆的“星战迷”——据说星球大战的外景地会在未来数年内被沙漠彻底吞噬，所以一定要及时来看看；还有三分之一的人，来访的理由当中除了上述两部电影外，还要加上《角斗士》曾经在这里部分取景的原因。不得了，一个安静、低调得如同喜马拉雅山雪豹一样的国家，单靠三部电影便在“识家”中博得这等口碑。

但是，又是什么吸引了那些导演呢？而且，在突尼斯拍的这几部电影，真的像是受到了神灵的摸顶加持，不约而同抽中了“幸运签”，都有不错的票房。

哈马马特：桅杆的丛林和蓝色的梦境

突尼斯给人的第一印象是蔚蓝的大海与明黄色的沙漠，而且这两种颜色呈现在没有半点浮云的澄净天宇和明丽阳光下，直到今天都让人留恋和怀念地中海和撒哈拉的轻快个性。

从首都突尼斯市开往哈马马特（Hamammet）的路上，GPS和地图成了多余的摆设，目光总舍不得从路旁通透空灵的大海与成片的橄榄林上移开。道路虽算不上宽阔，但是车辆稀少，海岸线逶迤，真是一条名副其实的“观光海岸路”！哈马马特更是颠覆了大家对突尼斯的成见：大片的游艇码头，密如丛林的豪华游艇桅杆在轻柔海风下曼妙摇摆着，到处是悬挂着不同国家的国旗，仿佛再开一场无人发言的“联合国大会”。

突尼斯的城市，和其他古风犹存的阿拉伯国家一样，有保存良好的老城区，被称为“麦地那”；夕阳下斑驳的城墙在海风里发出轻轻的幽咽声；高高的宣礼塔上准时传来召唤礼拜的呼喊声；海边色彩鲜艳的渔船和渔网静静地躺在岸边，等待着下一个出海的清晨。就像突尼斯内陆的居民善用沙漠的黄色一样，这里的居民对大海的蔚蓝色情有独钟。令人眼前一亮、心情开朗的蓝色大门，成了老旧民居点睛之笔。悠闲的野猫轻快地穿梭在这蓝色的丛林中——它们毛色油亮、双眼有神，想必得拜此处充沛的渔获所赐，也要感谢海港居民的善良和慷慨，令它们衣食无忧。

“像野猫一样在海边发呆”，无疑是哈马马特的正经事一桩。尽管我们没有遇到半个帆船的船主，但是我们对他们远道航行而来

凯鲁万是穆斯林心目中的「第四大圣城」，街道上却不乏庶民生活的亲切与从容。（突尼斯 凯鲁万）

凯鲁万老城也是一座「猫城」。（突尼斯 凯鲁万）

在撒哈拉骑骆驼，重要的是扮相。（突尼斯　杜兹）

的目的还是多少能有点可靠的猜测。这些地中海的富豪，一定是已经厌倦了穿行于希腊列岛的宁静和意大利海湾的热情嘈杂，于是御风劈波，到这里来寻找北非的沧桑和阿拉伯世界的神秘——而且他们的确找到了。被海风经年累月吹袭的长者脸上没有多少表情，倒有数不清的皱纹。他们的字典里没有意大利人的过分熟络，更没有英国人的保守忧郁。他们唯一愿意热情交谈的对象，只有高高在上的真主。但是突尼斯人独特的个性，使他们有法兰西式的悠闲——两条停泊在港湾里的仿古帆船就是明证。历史爱好者会喜欢它们腔调十足的中世纪外表，热爱聚会狂欢的年轻人则可以租下它们出港，来一次疯狂的海上烧烤。

除了好身材的野猫和海上的烧烤，小城的另外一个看点是随处

突尼斯最有名的菜肴是用这种火山形锅子煮的小米饭，里面加了美味的羊肉和胡萝卜等蔬菜，端上桌的时候卖相绝对可圈可点。（突尼斯 哈马马特）

可见的“酷似酷似锅”——一种色彩鲜艳的当地炊具。它由一个陶盘和一个圆锥形的陶制锅盖组成，看上去活像一个陶土做成的微型火山，火山口的位置是蒸汽的出孔。它在炉火上喷出蒸汽的样子，活脱脱就是一个彩绘的火山喷发现场画面。锅子里面的菜肴“酷似酷似（COUSCOUS）”多半是小米、蔬菜、羊肉或者鱼肉蒸制的烩饭。连吃个几天，你可能会觉得蛋白质的摄入量有点儿超标，浓烈的口味也可能令你的味蕾有点儿过度兴奋。不过你还是会忍不住买一只回去，增加你厨房的“异域感”和看点，吸引来访的朋友听你喷上一段北非旅行的趣闻。

凯鲁万：圣城之光

从哈马马特一路向南，公路告别了海岸的拥抱，迎来的是沙漠的耳鬓厮磨，侵入路肩的黄沙像养熟的小狗一样在脚边一路跟着。公路平直地延伸，消失在视野尽头摇晃、虚化的沙漠热浪之中。突尼斯的沙漠经常会带给人这种又不安又舒服的虚无感，仿佛自己是一颗落入鸡尾酒杯的青绿色橄榄，悬浮着飘过一层层思绪，又从不触底。道路似乎永无尽头，阳光永远灿烂，碧空晴好，好天气持续的日子一再打破你期待的极限，刷新自己的纪录。

伦敦人在凯鲁万，一定很崩溃；北欧人在这里，想必很陶醉。

凯鲁万（Kairouan）的位置，在突尼斯中部偏东，北距首都突

凯鲁万的老城让人联想起“一千零一夜”中的场景。（突尼斯　凯鲁万）

尼斯城 155 公里，是突尼斯第四大城市。早在 1988 年，凯鲁万就被评为“世界文化遗产”。凯鲁万于公元 670 年兴建。公元 800-909 年间，阿格拉比德王朝在此定都。但是让凯鲁万真正名声大噪并昂首阔步走进世界遗产名录的理由，是因为这里是伊斯兰四大圣地之一。前三名是沙特阿拉伯的麦加、麦地那和纷争不断的耶路撒冷。突尼斯人认为，到凯鲁万朝觐七次，就等于去麦加朝觐一次。

凯鲁万城内街巷曲折、店铺林立，有八十余座清真寺，一百余处陵寝，数十座蓄水池和位于穹顶下的室内市场。著名建筑有凯鲁万大清真寺、“三大门”清真寺和阿格拉比德大蓄水池等。

凯鲁万的麦地那占地 54 公顷，周围筑有 3 公里长的石头城墙。

凯鲁万城内寺庙星罗棋布，因此凯鲁万有“三百清真寺之城”的美誉。（突尼斯　凯鲁万）

凯鲁万城最负盛名的是奥克巴清真寺。它不仅是北非历史最悠久、规模最大的清真寺，且是与麦加、麦地那、耶路撒冷齐名的世界四大清真寺之一。（突尼斯 凯鲁万）

在城墙的南门和北门之间，是一条干道，热闹的市井生活场景，就在这条路的两边鲜活上演。干道的两边是密如织网的小巷，弯弯曲曲的白墙和小道可能把你带向火星四溅的铁匠铺、香气四溢的烤饼店或者幽暗空寂的死胡同。老城区麦地那的历史可向上追溯三百年，而凯鲁万的历史则直接可追溯到伊斯兰教纪元开始时期。

凯鲁万大清真寺是伊斯兰教以及世界建筑杰作中最重要的古迹之一。凯鲁万大清真寺成为马格里布地区（古代阿拉伯人对今突尼斯、阿尔及利亚和摩洛哥所在地区的总称，也称柏柏尔地区。“马格里布”为阿拉伯语，意为日落的地方）一些清真寺建造的标准，特别在装饰色彩基调方面。寺内的石柱颇为壮观。从雕饰风格来看，它们显然来自不同的地方：有的柱头有明显的埃及风格，柔美的莲花雕饰让人感觉它们仿佛在尼罗河清风里缓缓摇摆；有些柱头雕刻精致的科林斯式棕榈图案，又暗示它们很可能来自爱琴海边的希腊，或者说至少受到了希腊风格的影响。要知道，正统的清真寺内是不会出现动植物形象的。想象这些石柱奔波来此的遥遥路途，更是让人相当感慨。“三大门”是具有雕刻立面的最古老的清真寺。凯鲁万的穆斯林传统建筑影响了这个城市的空间布局。它们由于经济的变化而易受损坏，已成为无价的历史遗产。凯鲁万不仅是伊斯兰教的圣地之一，也是伊斯兰教的精神支柱之一。

法语译名“凯鲁万”来自波斯语，是波斯语“垓拉旺（Qayrawane）”的译音，意思是“沙漠商队”、“沙漠旅行队”。按照阿拉伯字词的语义场来说，它还是“马群”、“马队”之意。这就是说，此处是北非地区贸易和沙漠旅队的必经之路，东西往来的交通要道。从军事上讲，也是兵家必争的战略要地。

迦太基曾经是名噪一时的商业都市。据说罗马皇帝最爱这里出产的紫色纺织品。这种用海螺壳提炼出的染料染成的华服当时贵比黄金。1978年，联合国教科文组织将迦太基遗址列入第一批「世界文化与自然遗产」的名录中。（突尼斯　迦太基）

距圣城数公里之遥，就能遥望古代环城而建的高大城墙。墙高10米，厚2.5米，全部用实心砖砌成。整座城墙呈长方形，周长3.8公里，共开有9座城门。一眼望去，城墙坚固，设置严密，整座城池可谓固若金汤。像世界上其他城市一样，当初修建凯鲁万城墙，也是用来防御和固守，主要是防范柏柏尔部族的进犯。面对这种长期、经常性的威胁，为确保凯鲁万的生存，历代阿拉伯君王都对城墙进行了扩建、修整和加固。现在所建城墙是侯赛因王朝于公元1756年至 1772 年修建的，历时 16 年。

在凯鲁万最负盛名的古迹中，公元 862 年阿格拉彼得王朝时期修建的大蓄水池最令人惊叹。蓄水池在凯鲁万城北不远处，两泓清水，波光粼粼，澄澈碧蓝，远远望去无不以为是两个湖泊。据文献记载，凯鲁万地区因地理、气候因素，水源短缺，城市供水始终不足。为解决城市用水，哈里发王朝指令当时凯鲁万总督将几十公里外的泉水引到城下，并在城外修建了十五个蓄水池，现今保留下来的只是其中的两个。这组蓄水设施包括大、小蓄水池和贮水池三个，共计占地 1.1 万平方米，贮水 5.3 万立方米。小蓄水池为十七边形，与大蓄水池并列相连，直径 34 米，深 4.8 米。当年蓄水池的中央砥柱上建有一座漂亮的水上楼阁，专供君王们来此休息。

对于生活在浩瀚沙海中的阿拉伯部族来说，水永远是上天最大的恩赐。在庭院的柱廊和天井之中修建喷水池是古代显贵们最崇尚的奢华。在城市中修建渡槽、水渠和蓄水池的非凡功力也使得他们在古代科技史上占有显赫的地位。

托泽尔：第一千零二夜在这里入睡

托泽尔（Tozeur）市市长达·歇哈依特，为了建造一个能囊括托泽尔一带特色民俗历史的展馆，先后修建了三个博物馆。漫游这三个博物馆的历程，能够体会梦回一千零一夜的神奇。几千年前的文明得益于托泽尔从沙漠棕榈中神话般涌现，就这样以最原始最形象的姿态展现在你面前。其中的五星级酒店，既具有突尼斯当地的风格，又有阿拉伯世界的特色。精美的马赛克墙壁，光洁的大理石

阿拉伯世界的审美趣味严谨而华丽，马赛克瓷砖和阿拉伯地毯上的图案就是最好的明证。（突尼斯 凯鲁万）

地板，色泽艳丽形制不同的手工地毯，气势恢宏的穹顶、现场雕刻的纹饰，任何一个细节，都能代表托泽尔成熟的工艺。

第二个博物馆除了展出从突尼斯各地收集来的瓷器、装饰画等艺术品，还有地契、结婚契约等日常生活常用的票据，更加栩栩如生的是真人比例大小的塑像，以生动自然的真实摆设展现出做饭、祈祷、沐浴、结婚、拜谒等突尼斯人日常生活场景。

夜幕降临，各处的灯光先后亮起来，一千零一夜的神话拉开体验大幕。站在山洞前，人们用阿拉伯语高喊：“芝麻，开门！”伴随着“轰隆隆”一声巨响，洞门立刻打开。洞中有一堆堆的丝绸、锦缎和绣花衣服以及彩色毡毯，还有多得无法计数的金币、银币散堆在地上，盛在皮袋里，不时有金币“叮叮当当”掉落的声音在洞中回响。

托泽尔不仅是撒哈拉的绿洲，还是著名的椰枣故乡。据不完全统计，托泽尔的中心地带有面积达 1000 公顷的椰枣树林，约有 20 万棵椰枣树，出产的椰枣最著名，受到全突尼斯人的欢迎。每年 10 月和 11 月是椰枣收获的季节，一棵椰枣树每年能产 100 公斤椰枣，每棵椰枣树的树龄长达一百年。 通常椰枣有金黄、橙黄、棕黄等多种颜色，而最好的椰枣是有着透明的琥珀色的椰枣——这种椰枣还有一个奇怪而形象的名字叫“光的手指”。它有手指般大小，在阳光下显得晶莹剔透，如今大多出口到欧洲了。

人们用泉水浇灌着这片土地，维持着这片绿洲脆弱的生态平衡。每一片土地上的园子都由三个层次的植物组成：其中耐力最强的植物保护着最脆弱的植物。水果在棕榈树的树荫下生长，蔬菜则生长在水果树下面。

阿拉伯有句谚语：“椰枣树是阿拉伯人的母亲、姑母和姨妈。”沙特阿拉伯的开国国王——伊本・沙特曾说过，一个真正的阿拉伯男人，有一把椰枣、一囊水就可以征战一天。由此可见椰枣在阿拉伯人心目中的地位之高。

突尼斯市的杜巴博物馆有全世界最丰富的古罗马马赛克收藏，关于它的讲解绝对值得一听。（突尼斯 突尼斯市）

大战的星球，没有病人

“我已别无所求了，只想跟着你漫步天国，带上一些朋友，去一个没有地图的乐土。灯火已逝，唯有黑暗听我倾诉。（That's what I've wanted: to walk in such a place with you， with friends， on the earth without maps. The lamp has gone out and I'm writing in the darkness.）”这是《英国病人》中女主角写下的一段“绝笔”。

托马则（Tamerza），是第69届奥斯卡独揽九项大奖的影片《英国病人》的外景拍摄地。这部由沙漠、飞机、地图、战争、壁画和匈牙利歌谣所构筑的影片，被誉为“油画般的柔美”。影片的外景地选在托马则，壮观而绚丽。低矮的石墙，破败的房屋，曾经的酒吧都还在。只是酒吧不见了威士忌，只在屋外陈列着大堆惨白的骆驼骨。

这里也是几乎无人不知的《星球大战》的拍摄地。也许出于节约，也许为了方便，当年拍摄《星球大战》的演员与摄制组成员在这里拍摄的时候，没有去住宾馆，而是和柏柏尔人一样，在摄影地的旁边挖个大洞穴居。洞穴中不仅有卧室、厨房、餐厅，还有会议室和放映室，形成了这一地区特有的建筑景观。

突尼斯的沙漠带给《星球大战》的，更多的是形式上的视觉冲击力。这部电影本就不依靠剧本的情节张力来吸引人，但是同一片沙漠带给《英国病人》的，却无疑是成就了它想要表述的精神世界与暮霭沉沉的宿命感。这一切，正是除却空旷、寂寥和令人超脱又令人绝望的沙漠以外，任何其他场景所无法企及的。

应该说，作为伟大的“群众演员”和“背景画面”出镜参演的突尼斯沙漠，在《英国病人》中的“演技”完胜《星球大战》。

如果说影片带给人们强烈的无望感，那么置身此地，旅行者多少会感受到一种同样强烈的解脱感。沙漠永远平静，无论曾经在这里发生过爱情还是战争、崩溃还是挣扎，沙漠依然故我，纠结的情节和人物，都不过是过客而已。

突尼斯吸引了众多电影制作者，在很大程度上取决于这里丰富多变的风光景色。在这里，你不仅可以找到充满欧洲韵味的城市，而且只需短短几个小时的车程，就可以看到一望无垠的大漠。这就如同好莱坞电影业早期制作时青睐加利福尼亚，因为在一个小小的地理范围内便有丰富多变的景致，而且还有理想的气候条件。另外，突尼斯还拥有东西结合的人文风情，其伊斯兰宗教背景和独特的建筑艺术，以及突尼斯稳定的政治和社会状况，也是吸引这些电影制作者的重要原因。这所有的因素，让突尼斯不仅成为一个不同凡响的旅游胜地，也成为国际电影制作者一个理想的电影梦工厂。

从 20 世纪 70 年代第一部星战电影拍摄之后，乔治·卢卡斯接着的每一部系列都会来这里拍摄一些外星球的重要场景。这里沧桑空阔的地貌很像月球表面，《星球大战》中有关神秘星球达度尼的镜头就选择在这里拍摄。这是一个有着上千年历史的原始居住地，《星球大战》中天行者的母亲就是在这里和他挥手道别的。这里曾经是柏柏尔人的居住地，同时也是他们贮藏食物的地方；这里的建筑形态非常富有视觉美感，不需要多加修改就可以直接用作电影的外景。

南部的马特马他（Matmata）山区，是柏柏尔人的聚居地。生活在这里的柏柏尔人至今仍然生活在穴居的住宅中，形成了一条独特的风景线。站在地面上放眼望去，只能看见巨炮轰击形成的弹坑一样的小盆地，又仿佛某种神秘巨兽为了暂避沙漠艳阳的炙烤挖出的洞穴。不过洞穴边沿上支起的卫星电视天线泄露了小小的秘密：居民们过得并不赖。聪明的柏柏尔人居住这种房子已经有几百年的历史了。他们选择这种居住方式，主要是与当地的气候有关。这个地区因受撒哈拉沙漠的影响，终年干旱酷热。而柏柏尔人的地下村庄则环境安静，空气清新，冬暖夏凉。在这些峭壁上挖出的房屋不仅有厨房、餐厅，还有客厅、卧室。爱美的突尼斯人当然也没有忘了给洞穴的大门漆上鲜艳的蓝色，令人眼前一亮。

艾尔杰姆：角斗士的呐喊

艾尔杰姆（El Jam），有时也被翻译成“艾尔让”。自公元前146年至公元439年，罗马统治突尼斯近600年，同时将欧洲文明带到了突尼斯。罗马人修建的神庙、竞技场、露天剧场，遍布各地，至今遗迹犹在。其中的艾尔杰姆斗兽场位列世界三大斗兽场。艾尔杰姆斗兽场保存得非常完好，无论是角斗士出场的露天天井，还是两边供野兽冲进场地的坡道和铁门，都一如往昔地保留着。进行人兽混战的时候，野兽就是从这两个铁门出现的。斗兽场周围的看台，有六七层之多。在游人稀少的时候身临其境，能听到风声从耳边呼啸而过，仿佛猛兽的阵阵嘶吼，让人有回到古罗马的感觉。地面以下的幽暗空间里，关动物和角斗士的牢笼赫然在目，令人不寒而栗，也令人加速分泌肾上腺素。每个牢笼的房间都还保留得非常完好，甚至超出罗马角斗场。法国著名作家莫泊桑、福楼拜等都曾专程来

杜巴博物馆的马赛克瓷砖就像古罗马时期的「探索频道」，从婚丧嫁娶的场面到海上贸易、角斗士被野兽痛扁，内容无所不包，相当劲爆。（突尼斯 突尼斯市）

此观光，并将它描述为“世界美妙绝伦的斗兽场”、“罗马帝国在非洲存在的标志和象征”。

突尼斯的博物馆：忘却君王如何死，且看庶民如何生

突尼斯市作为首都，一度因为仰慕殖民地的宗主国——法国而修建了很多法兰西风格的建筑。他们在城市的主要街道上建造了一座“法国门”，其风格颇有些神似缩小版的“凯旋门”。干道两边的建筑风格也让人联想到巴黎的香榭丽舍大街，连行道树和路灯柱都摆出很像法国风格的造型来。路边咖啡馆的侍应生也穿着巴黎式的黑白礼服，与过客们展开法兰西式的散漫闲谈。但是在路的尽头，仍然盘踞着错综复杂的阿拉伯集市街区，充斥着阿拉伯大叔们经营的皮具店和阿拉伯式无休止的讨价还价声，仿佛一条气宇轩昂的大河突然消失在沙漠边缘，不消片刻便无声无息地转入地下。显得有些孤零零的“法国门”，成了两种文化气息的拐点。

突尼斯市真正引以为傲的，应该是巴尔杜博物馆。这里有全球最知名的、篇幅宏大的马赛克镶嵌画收藏，它们像一幅幅古老时代的纪实摄影作品一样，记录了帝王的征战，也记录了平民的挣扎。

巴尔杜国家博物馆坐落在首都突尼斯城西北郊巴尔杜广场上，是北非最重要的一座考古与文物博物馆。在整个非洲，它的规模仅次于埃及的开罗博物馆，以自己所珍藏的极其丰富和瑰丽多彩的马赛克镶嵌画闻名世界。这座博物馆建在历代皇宫所在地，由部分皇宫改造而成，是一座阿拉伯风格的巨大建筑物。它于 1888 年正式建成开幕，当时的名字叫“阿拉维博物馆”，1956 年突尼斯独立后，

改为现名。博物馆内有四十几个大厅和长廊，展品分史前期、腓尼基和迦太基时期、罗马时期、基督教时期、阿拉伯伊斯兰时期和希腊艺术品时期。其中，罗马时期的镶嵌画无论是在数量上还是在质量上，都在世界上名列前茅。这些镶嵌画的内容有田园生活、自然风光、渔猎、航海、体育竞技、戏剧歌舞、葬祭仪式以及神话和宗教故事等，色彩协调，技术精湛，虽有近两千年历史，仍鲜艳如新。

博物馆的第一大厅展出了世界上最大的一幅镶嵌画——《海神尼普顿的胜利》。这幅 13.40 米 ×10.25 米的镶嵌画铺满整个大厅的地面，是 1888 年在苏斯城出土的。画面上，海神尼普顿居中，站在由四匹海马拉的战车上，威风凛凛。他左手拿着三叉戟，右手挥戈向前，周围由 56 幅椭圆形或六边形的绘有骑着各种海兽的仙女相陪衬。仙女仪态万千，神情各异，数十头海兽也活灵活现。在博物馆二楼墙上，有一幅取材于希腊著名神话故事的镶嵌画，名叫《尤利西斯和西莲斯海妖》，十分引人注目。这幅画幅度为 3.5 米 ×1.4 米，是公元 3 世纪的作品，在杜卡古迹中出土。它生动形象地措绘了古希腊英雄尤利西斯（为特洛伊木马献策者）在特洛伊战争取胜后英姿焕发站立船头和战友破浪前进的情景。还有一幅高 1.2 米、宽 1.22 米的镶嵌画。它既不是镶在墙上，也不是镶在地面上，而是挂在特别的木架上，两束聚光灯照射着画面，十分醒目，是巴尔杜国家博物馆保存的另一件珍品。它就是于 1893 年在苏斯城出土的《维琪尔肖像》。画中，诗人维琪尔（公元前 70 ~公元前 19 年）安详地坐在椅子上，右手放在胸前，左手握着诗卷，聚精会神地聆听左侧站立的历史女神——克丽欧诵诗，右侧则站着一脸肃穆的悲剧女神——梅尔波曼。这幅镶嵌画用了十多种不同色彩的石块，特别是用了

突尼斯的蓝白小镇里住着很多艺术家。但是不管是谁，只要住在这里看上去都像艺术家。（突尼斯　西迪·布·赛义德）

绿色玻璃，这在当时的镶嵌画中是少见的。画中的人物形象精致生动，在打开的诗卷上，还可以清楚地看到史诗中的“埃尼特”一句。它再现了罗马伟大诗人维琪尔的形象。更为重要的是，它证实了那首歌颂罗马帝国起源的史诗《埃尼特》确为维琪尔所著。这表明，镶嵌画不仅是精美的艺术品，同时又是宝贵的考古资料。

蓝白小镇：旅行的完美终曲

突尼斯市北部 18 公里处，有个名叫西迪·布·赛义德（De Sidi Bou Said）的小镇，但不管当地人还是来自各国的游客都更喜欢叫它“蓝白小镇”。蓝色小镇坐落在风光秀丽的山包上，白、蓝两色是该镇的代表色。放眼望去，镇上白色的房屋依山而建，错落有致，所有的院门、窗户和楼梯扶手全都漆成天蓝色，与地中海蔚蓝色的海水构成和谐的画面。小镇上有一个百年咖啡店——草席咖啡馆。草席咖啡馆给人们带来了悠闲的生活。摄影家阿里则陶醉于这里的美景，把家搬到了小镇。小镇给了阿里不尽的艺术灵感。

顺着小镇的柏油路拾级而上，路两旁有各种带有撒哈拉沙漠特色的纪念品，游人可尽情地和店主讨价还价。到了山顶，游人还能躺在草席咖啡馆内的大土炕草席上，享用地道的阿拉伯水烟。在突尼斯人眼中，蓝色象征着和平、安定。到其他城镇和乡村走一走，也能看到同样风格的蓝色房屋。难怪有人开玩笑说，在突尼斯卖蓝色油漆的人最赚钱。

在小镇上，有个当地小伙子带着他的女友在散步时与我们相遇，开口就问：“Japanese（日本人）？”在这之前，我已经被沿街做生意的小贩问了八百多回同样的问题。我笑着回答说自己是中国人，小伙子马上说："很棒的国家！现在所有的突尼斯商人，不，应该说大多数突尼斯商人都喜欢去中国发展生意。"

旅行时光机——倘若生活在古代希腊

曾经有一个不太着调的记者问“时尚界的女魔头”可可·香奈儿：“什么是流行？”她故作姿态地回答：“流行，就是很快不流行的东西！”

后来北欧人的一句口号曾经让欧洲的时尚界和标榜品位的族群大为推崇：“简单就是美。”

如果让古代希腊的公民知道无数时尚写手连篇累牍地标榜简约主义是多么有品位，他们一定会哑然失笑，因为他们的时代虽然没有把时尚当成宗教来朝拜的疯狂粉丝，但是这些以简为美的观念毫无争议地应该属于希腊人的原创。当现代时尚写手趾高气扬地宣称自己掌握着主导时尚趋势的话语权，并且自以为是地卖弄风骚、炒作概念的时候，他们忘记了早在18世纪，威廉·弗里德里希·黑格尔在写作他的《美学》的时候就已经五体投地地臣服在希腊极简主义美学的脚下。他这样感叹道：“希腊艺术辉煌的时代和中世纪晚期的黄金时代已经远离，现代的艺术远比不上那个时代了。过去各

希腊的阳光造就了好橄榄，而上好的橄榄油又成就了好比萨。（希腊 圣托里尼岛）

个民族都在艺术中寻找他们精神的满足，那种繁盛的景象我们再也看不到。”他曾经以略带夸张的口气表示：“一提到希腊这个名字，在有教养的欧洲人心中，尤其在我们德国人心中，自然会引起一种家园之感……凡能满足我们精神生活，使精神生活有价值、有光辉的东西，我们知道都是从希腊直接或间接传来的。”

我们暂且不去讨论黑格尔这种“文化乡愁”到底有多少矫情的成分，不妨先瞧瞧古代希腊人有多少“情调”和“审美价值观”让今天的时尚圈显得小儿科的吧。

首先，当然是极简主义。

古代希腊，时尚和时髦恐怕是贬义词。他们的穿着十分简单：一块长方形的布围住身体，在肩膀处用别针固定，并以带子系腰，

如果你讨厌摆拍的照片，那么你和这只委屈的小猫一定有共同语言。不过圣托里尼人总是喜欢把自家的窗户、大门和一切旅行者能看到的东西都摆得这么漂亮，不拍的话实在是辜负了他们。（希腊　圣托里尼岛）

用一块更大的布披在身上作为户外的外衣。没有人穿袜子，除了凉鞋很少有人穿鞋子——而这种简朴的牛皮带凉鞋是如今前往希腊的旅行者仍然经常热衷购买的经典纪念品，人们在雅典的普拉卡区“众里寻她千百度”。北京的手工皮具店也以生产这样的复古风凉鞋而感到自豪。穿着这样的凉鞋在雅典或者克里特岛穿街过巷让看和被看都成为风景——这样一双鞋无疑在替它的主人无声地宣告：“我很懂希腊！”

然后，是大厂牌用来大赚其钱的化妆品。

希腊女人穿着朴素，但是她们对美的追求仍然不乏千年不朽的

希腊人用色就是大胆，但是和他们打发时间、享受生活的勇气比起来，就不算什么了。（希腊 圣托里尼岛）

希腊不仅有全世界最柔美的风景，也有全世界最柔美的军服。（希腊　雅典）

创意。她们的诀窍是：美被看到很寻常，但是美同样可以被闻到。这一点让如今迷恋香薰、SPA 的小女子们自叹不如。希腊的女人一般在家中沐浴打扮的时候往往会涂抹香精油，还要进行面部和颈肩部的“涂油按摩”，接着洒上“玫瑰水”，浴后使用的马郁兰是现代人也十分羡慕的自然良方。马郁兰被人们称为“来自山中的喜悦”。这是因为当人们漫步在山中的时候，只要清风徐来，开满马郁兰的山坡便会香风拂面，让人感到温暖和清新。在希腊神话中，马郁兰是爱、荣耀和富饶的象征，因为他是阿波罗创造出来献给美神维纳斯的。

雅典妇女面部和嘴唇用丹铅、朱草根涂抹（是不是让人联想到

“烟熏妆”），眉毛用烟灰或者锑粉描画（这一点古代埃及的王后也如法炮制），眼圈也用墨涂抹（这恐怕是眼影的前身），睫毛涂黑后再衬以蛋白与桉树胶混合剂（睫毛膏也找到了血统的源流），油脂与化妆水被用于消除皱纹、雀斑和污点。

古希腊人用洋甘菊煮水作为润发剂，沐浴时人们喜欢用香花掺在动物脂肪中（香皂自惭形秽了）涂抹全身。最初，这些香料只是富裕阶层的奢侈品，后来，人们从树脂和花朵中提取出了香料以后，香料才被广泛使用。到了公元前450年，雅典最繁荣的时代，香料成了大宗消费品，以至于最后只能发布限制消费香料的法令——这是最早实施“简单就是美”的法律。

如果你生活在古代希腊，你每天的生活会是怎样的？这个思维游戏相当有趣。

对于向往体验真正希腊式生活的人来说，与希腊古人对话，该是了解希腊生活观渊源的最好机会。

那个时代人们如何泡妞？那个时代的中产阶级流行些什么？那个时代最好的职业是什么？那个时代最酷的兵器是什么？那个时代的周末聚会将如何安排？那个时代的人们希望送自己的孩子上什么样的学校？那个时代大名鼎鼎的民主到底怎么样？那个时代娱乐圈的“大腕”究竟是谁？那个时代最潮的聚会是怎么个开法？

引领欧洲和世界生活质量风气，为生活品质和“时尚”这个时髦又很快不时髦的词汇定下原点的地方，就在希腊。人们对生活各个方面的追求，千百年来其实都是在附庸从希腊开始的风雅。古希腊人早在他们的时代就发展出一套成熟、优雅和令后人望尘莫及的品位体系，而这一切的细节，都非常吸引眼球、引人入胜。

不是生活决定了你有什么样的品位，而是品位决定你过着什么样的生活。（希腊 雅典）

雕刀一样的阳光和殿堂级的风景。（希腊 米克诺斯岛）

好在人们延续不断的探索精神给了考古学者无尽的动力，大量希腊文物被保留下来，成为我们直通古希腊时代的时光快车。

一般旅游者只能看到帝王怎么死，现在，让我们来看看普通人怎么活。

古希腊：孤独的人是可耻的

泡妞？在古希腊不是你一个人的事情！

泡妞在古代希腊是很重要的事情（当然在现代希腊，这也同样重要），甚至重要到个人的恋爱和家庭生活，已经成为城邦的公共事务——作为希腊城邦无上荣光的“公民”，延续城邦的兴盛，养育健康的下一代是非常重要的公共事务。于是，下面这个匪夷所思的场景出现了。

一个斯巴达人，穿戴着今天看来滑稽的装束，在城邦中由有威望的公民和武士共同监督穿街过巷，大声唱着歌——曲调不一定优美，但是歌词想必一定非常有趣：他在讲述他大龄单身的理由！

他因为没有结婚而被罚游街！这岂不是很冤？

他也许唱着“我很丑，但是我很温柔，为什么无人看好我”之类的歌词。当然，在这种场合下，相貌平平或者有几分丑陋是幸运的，否则他该唱什么呢？难道唱“我很花心，我喜欢泡妞，但是我不想负责任，不想这么着急和姑娘结婚”？不过从大家对现代希腊人的观察来看，希腊盛产橄榄油和帅哥，其他物产并不丰富。

希腊城邦明确禁止不婚。在实行公有制的斯巴达，男女相对平等——它是古代希腊给予女人平等权利最多的城邦。在斯巴达，女

我们在希腊希望看到什么？蓝白小镇？温暖心灵的阳光？还是青涩的爱情？这张照片里都有。（希腊　圣托里尼岛）

人不必整天关在深宅大院中。虽然由于实行军事化的城邦管理制度，合法的丈夫也只能在晚上（而且是男人们的公共活动或者讨论结束以后）偷偷摸摸地“幽会”，但至少妻子不是丈夫的财产。更出位的是：她们可以以优生为理由，要求与另外一个男人结合。尽管要忍受孩子完全归城邦所有的痛苦，但是她们却可以不必唯唯诺诺地接受一个被安排的男人。而且，斯巴达的男性公民没有私有财产，这样一来女人们就不能够以财产的多寡、学历的高低、住房的面积、车子的品牌和手机的型号来判断男人的优劣。

斯巴达的男人 18 岁时必须进入士官团接受正规的军事训练，包括使用武器、五项运动以及被称为“斯巴达体操”的拳击练习。

开店是生意，更是生活。（希腊 圣托里尼岛）

这实在是太酷了！他们一定是真正的男人，而且不用沉迷在CS的“军事意淫”中做“电脑肘特种兵”。

斯巴达男人要在军官的带领下参加夜间捕杀奴隶的偷袭活动。这可是真人版的，虽然一样很变态。他们两年后宣誓效忠城邦，成为真正的军人。在他们出征前，女人们拿着盾牌和他们说的告别辞非常简短，但是千古流芳：“或持或卧！”意思是，要么紧握盾牌战斗到胜利，要么战斗到死绝不妥协，让同伴用盾牌把你的尸体带回来。

在斯巴达人看来，不结婚是一种罪行。

斯巴达男人30岁成为正式公民，可以出席公民会议，并开始

蓝天碧海、无所事事，在这里生活画上了一个休止符。你可以和爱犬一起发呆，舒服得就像这条狗——为什么听上去有点儿不对劲儿？（希腊　圣托里尼岛）

米克诺斯岛最有名的居民是两只鹈鹕，它们像国王般每天巡视自己的领地。（希腊　米克诺斯岛）

结婚，但是他们泡妞的形式非常隐蔽。因为白天必须在每团15人的“菲迪提亚”社团过准军事生活——军训、共餐，所以他们只有晚上才能回家过家庭生活。希腊人普遍不重视家庭财产，神庙、广场、剧场修得富丽堂皇，但是家居往往是土房，要和女子缠绵，多半也躲不开其他公民的目光。所以夫妻结婚多年却不曾见面的情况也是常有的。斯巴达人抢婚式的结婚，使得他们多半是先结婚后恋爱。

在斯巴达人看来，为爱情而结婚是一种愚蠢。

爱情理所当然地被献祭于战争。连年征战使夫妻产生了一种过理性的“契约关系”，双方不投入太多感情。这对于随时可能因为战事瓦解的家庭成员来说，倒是一种可以理解的心理。

峡湾街之吻

没有人知道被称为“北方女神米那尔”的瑞典女王克里斯蒂娜自愿退位离开斯德哥尔摩时的情景。但在由格丽泰·嘉宝主演的电影《瑞典女王》中，克里斯蒂娜女王离开时长时间面无表情地伫立在船头。这很可能是真实的，因为要永久地告别这座被世人称为“水中美女”的城市，她当然不愿回望。那样做，一定会让她不忍离去。

怀念冬夜的醉意

在黑暗中飞临斯德哥尔摩上空，夜色像这个北欧国家的历史一样充满阴霾，灯火则像它所蕴含的激情一样炫目。在寒冰与战火雕刻过的老城街巷里夜游，初来的我仿佛知道自己要寻找什么。在这样的冬夜里听人们回忆起斯德哥尔摩的往事，我有理由喝醉。

1520 年，丹麦国王克里斯蒂安二世率兵攻占斯德哥尔摩，并成为瑞典国王。为庆祝胜利，他邀请了全城包括主教、贵族和议员在

峡湾街之吻。（瑞典　斯德哥尔摩）

内的各界名流参加在楚克罗纳城堡（Tre Kronor）举行的盛宴。当大张旗鼓的庆祝活动进入第三天的时候，克里斯蒂安二世脸色一变，突然下令关闭城堡的所有大门，砍掉了所有嘉宾的头！人们称这一事件为“血洗斯德哥尔摩”。

在受害者的后人中，有一位贵族的儿子名叫古斯塔夫·瓦萨。在短短三年之后，他就率领瑞典人把丹麦入侵军逐出国外，并被选为国王，史称“古斯塔夫一世”。他是瑞典人心目中一位伟大的君主,连用他的名字命名的一条沉船也成为斯德哥尔摩最宝贵的风景。这不是一条普通的船。它是当时最大的战船之一，全长六十九米，共有两层炮舱、六十四门青铜火炮，被命名为“瓦萨号”。它是瑞典国王古斯塔夫二世为了远征波兰,耗时三年精心建造的得意之作。

警察乐队的演奏结束之后，一个小听众对铜管乐发生了浓厚的兴趣。（瑞典 斯德哥尔摩）

不幸的是，它和最大的客轮“泰坦尼克号”以及“二战”时最大的战舰“大和号”一样，在首航时就沉入海底。

当时检验战舰安全性的方法是找三十名水兵排成一行，在两舷之间奔跑二十个来回，但这种方法没有查出“瓦萨号”船体稳定性的不足。它在1628年8月10号首次下水的时候，刚刚离港不远，就在成百上千名围观者的眼前被一阵侧风吹倒，带着一百四十五名船员轰然沉入斯德哥尔摩港海底。这一事件成为当时一大“丑闻”。出事地点离皇宫只有咫尺之遥，以至于国王只要打开窗子就会看到“瓦萨号”露出水面的桅杆。这实在令古斯塔夫二世堵心。他命人锯掉了港湾里的这根“耻辱柱”，从此“瓦萨号”便再无人问津，直到1956年才有人重新发现了它。于是当时斯德哥尔摩市政府发动群众有钱出钱、有力出力，终于把这艘沉睡海底三百多年的巨舰打捞出水，并在水边建起一座沉船博物馆，供后人凭吊。经过科学的处理和加工，“瓦萨号”被重新拼装成型，完好地保存着三百年前船体的95%。整个博物馆展品丰富、史料翔实，使游人能够充分体会瑞典人的“海洋情结”和那一段轰轰烈烈的战争历史。

11月也许不是斯德哥尔摩最迷人的季节，但肯定是它最有性格的季节。低斜的阳光勾勒出整个城市灵魂中冷峻的美。市政厅高塔顶端金色的“三王冠”在夕阳中闪光。高塔就矗立在水边。从柱廊下眺望，高耸入云的教堂尖顶和点点帆影尽收眼底。市政厅一层的大厅被用来举办诺贝尔奖颁奖仪式后的宴会，二层的“尤金王子厅”是获奖者们举行记者招待会的场所。墙上的壁画是尤金王子（Prince Eugen）亲自完成的杰作——本应由市政府向王子支付创作壁画的劳务费，但颇具艺术气质的王子在自费完成壁画后，把它作为礼物赠送给了市政当局，他的半身塑像谦逊地静立在大厅一角。

穿过“尤金王子厅”，就到达著名的“金厅”。这里是举办诺贝尔奖颁奖仪式后的舞会地。整个大厅用1900万片金瓦从顶到底贴满墙面，仙女、国王的形象在金碧辉煌中注视着匆匆走过的游人。当初修建“金厅”的时候市政府一度遇到经费不足的问题，所以号召市民捐款协助。市民可用200瑞典克朗的价格购买一片金瓦并在上面刻上自己的名字。不久以后，“金厅”的墙上就铺满了熠熠生辉的金瓦，但游人举目四望时，却看不到捐助者的名字。

这样的城市，适合安心住下来，细看慢品，在温暖的壁炉边阅读它神话般的历史。

假面舞会上的最后一枪

在斯德哥尔摩的老城中徜徉，在斑驳的石墙、幽深的街巷和林立的尖塔中还有另一处充满回忆的地方不能错过，那就是瑞典皇宫。现在的皇宫就修建在著名的楚克罗纳城堡（Tre Kronor）原址上。因为它仍是当代国王的居所，所以想要入内探访的游客未必都能如愿，我们前往的那天就不得其门而入。但位于地下室的古斯塔夫三世古董博物馆却是全年开放。在这里，人们可以看到珠光宝气的皇家马车、皇家雪橇、皇家轿子、皇室服装甚至皇家玩具。当然还有古斯塔夫三世的舞会面具和瑞典女王克里斯蒂娜的华丽长裙。

古斯塔夫三世在某些方面很像中国的李煜。他对歌剧、舞蹈和绘画的热情远在安邦定国之上。他在瑞典皇家夏宫修建的歌剧院据说是欧洲最早、也是今天保存最好的室内剧场，如今它已经和夏宫

我们在哥德堡的时候，正赶上音乐剧《猫》的上演。演出海报上没有猫，却只有因为见到猫而龇牙咧嘴的狗。（瑞典　哥德堡）

一起被列为世界文化遗产。他本人还和音乐家合写了歌剧《古斯塔夫·瓦萨》，但他本人却不像“瓦萨王”那样受人拥戴。一些贵族早就想让他“让贤”，但最后葬送他的还是他最钟爱的艺术。

1792 年 3 月的某个夜晚，这位“爱艺术胜于生命”的国王不顾忠臣的劝诫，执意要参加一次盛大的宫廷假面舞会。照说假面舞会应该是他所能参加的最安全的活动，因为当时的“007”们根本无法确定面具后那张脸的真实身份——即便有人穿上国王的盛装，也可能只是一个想过过“帝王瘾”的公子哥而已。但这位骄傲的国王却偏偏要佩带他那枚王室专有的“北极星勋章”。当他以无比高贵的王者之风出现在舞厅中的时候，恭候多时的杀手马上认出了面具后

旅行中，迷路有时候也是种快乐。（瑞典 斯德哥尔摩）

的他，毫不迟疑地射出了枪膛内的子弹！其实凶手的枪法并不算高明——枪伤并没有立刻让他毙命，但那些幕后的贵族不会放过他。加上他长时间疏于政事，使得反叛者们很轻易地买通了他的近臣。他们把国王抬回宫中以后几乎不闻不问，还在北欧冰冷的夜里打开了他卧房的窗子。几天以后，一代帝王死于伤口感染和肺炎。只有意大利歌剧大师威尔第为他唱了一首由衷的悲歌——《假面舞会上的最后一枪》，总算没有辜负他一生对艺术的热情。

瑞典女王克里斯蒂娜才华出众、学识渊博。在她的父亲——“瓦萨号”的建造者古斯塔夫二世在波兰战死后，尚不满六岁的她就被选为未来的女王，十四岁的她就出席参政会。1644 年她年满十八岁即位后所做的第一件事就是不顾摄政大臣的反对，设法结束了瑞典和丹麦、波兰、法国等国之间旷日持久的“三十年战争”。在她执政期间，国家得到休养生息。她创办了瑞典第一份报纸，颁布了瑞典第一部学校法令，各方面都得到发展。但正当她渐渐被人们广为称颂的时候，她突然宣布自愿逊位给堂兄查理，甚至放弃了古斯塔夫二世为之征战一生的国教路德教，改信天主教并离开瑞典去了意大利。她后来定居罗马，资助艺术家、搜集艺术品和图书，并且保护受迫害的犹太人。最后她客死罗马，成为被安葬在罗马圣彼得大教堂的唯一女人。

在她死去近三百年后，葛丽泰·洛维萨·格斯塔夫森，也就是后来的嘉宝，主演了电影《瑞典女王》。这是嘉宝电影生涯的高峰。嘉宝将人物的尊严、魅力和洒脱都传达得出神入化。嘉宝本人也许是太喜欢自己所饰演的这一角色，以至于她自己也离别祖国，远赴美国纽约过起了隐居的生活。和她所扮演的女王一样，嘉宝发誓“独身不嫁，了此一生”，用她自己的话说就是：“我渴望孤独。”

在斯德哥尔摩冬天的夜晚，我愿意一个人在幽暗的老城信步——那里有太多冷艳的灵魂。

狂欢不问客是谁

“我一定要告诉你如何成为一个地道的丹麦人，那就是多喝烈酒，多吃烤肉！”在餐厅认识的一个丹麦大姐看到我在大喝“可乐”，就给了我这样一个不期而至的欢迎词。在随后的几天里，丹麦人热情豪爽、乐观开放的性格时常让我由衷赞赏。

2000 年 11 月 24 日，是我们在哥本哈根的第一个夜晚。信步走在轻快的人流中，看到人们脸上都带着欣喜的笑容——今天是发薪水的日子，大家都赶着去购物。低垂的夜幕下，树木、楼宇上的装饰灯闪烁着迷人的光芒。今天是圣诞节购物日和庆祝活动的开幕日，丹麦人要慢慢享受节日的欢乐气氛，整整庆祝一个月！

不知不觉走到了哥本哈根市中心的“皇帝新广场”。尽管它已经有三百年历史，但是人们还这样叫它。整个广场被改造成一个露天溜冰场，金发小伙子们彼此追逐，留着络腮胡子的北欧汉子轻盈地在冰上打着旋，一对情侣在围栏边长时间地忘情热吻，大狗在一边跃跃欲试地用爪子挠着冰面。

丹麦人会慢慢享受圣诞节的气氛，他们会整整庆祝一个月！（丹麦　哥本哈根）

广场上，警察乐队在演奏，市长在充满激情地发表演讲，人们高声谈笑着并互相拥抱。彩灯亮起来，皇家大饭店变成一座晶莹的蓝色冰堡，冰女王驾着驯鹿车腾空而起。一位老太太一把抱住同行的小谢，在他胖乎乎的左脸上留下一个热吻和一串爽朗的笑声，并和他大声聊天："你从中国来？这真的太棒了！我真的爱中国菜！"

我最喜欢的是 Stroget 大街的街头表演。那条街是用鹅卵石铺成的，原本是喜欢购物的人们流连最久的去处，但现在各式各样的演出一点不比橱窗里琳琅满目的丹麦水晶、琥珀和北欧海盗的独特饰物单调：一对老夫妻用手风琴和一把钢锯在演奏维瓦尔第的《四季》；

演奏口琴的人同时敲响身上的大鼓、铜钹、脚铃，手里的吉他还能传出悠扬的旋律；银行门口的乐队弹唱的都是奔放欢快的老歌，绝对称得上专业水平；路灯下一位戴手套演奏的黑人把钢琴搬到路边弹起了忧郁的《月光》，琴身上还贴着他在纽约卡内基音乐厅举办演奏会的海报和整版的《纽约时报》报道，压题照片上的他保持着伤感的神色；秘鲁印第安人的乐队连歌带舞地唱起了那首著名的《秃鹰飞去》，一位金发碧眼的丹麦姑娘在一边热情地帮他们推销秘鲁音乐 CD 专辑。在 Stroget 街上闲逛不需要什么理由，只要走一走，听一听，放下几个克朗的硬币，抽上一根很有乐感的“骆驼”烟。谁说孤独的人是可耻的？

巴黎因为有塞纳河而骄傲，而哥本哈根因为有大海而风情万种：“新港”码头像一条驯服的小河；样式可人的单桅帆船相拥取暖似的挤在一起；岸边的餐厅、咖啡馆里也是人头攒动；丹麦烈酒让人们的脸色红润、快乐、健谈；如果是在北欧不夜的夏天，人们还会在午夜的酒桌边拥抱、欢笑，然后再跳上一段随性的舞蹈；码头不远处是宽阔的外海，远洋船队的尽头就是“小美人鱼”雕像。传说当年著名的“嘉世伯”啤酒厂老板请来一位著名的意大利雕塑家，让他按照自己最欣赏的一位女演员的相貌雕塑“小美人鱼”，可这个激情澎湃的意大利人也许是因为有烈酒壮胆，竟私自用自己心爱的妻子作为模特，让她的形象永远定格在哥本哈根的海边。狂欢灯火照耀下的美人鱼，没有传说中的忧伤——她清秀的脸庞上分明是一丝甜美的微笑。

她们分发甜酒，也送出笑声。（丹麦 哥本哈根）

这是一座童话般的城市，到处弥漫着甜美的色彩和微笑。（丹麦　哥本哈根）

哥本哈根的圣诞节期间有一场全球各国圣诞老人的大聚会。聚会上随处可看到帮圣诞老人准备礼物和喂驯鹿的圣诞小仙女们。（丹麦　哥本哈根）

最爱这一天

每座城市都会有它一年中最美妙的一天。在哥本哈根，这一天就是 11 月 25 日。

离圣诞节还有一个月，哥本哈根人就已经开始庆祝，并把这一天变成自己的节日。这一天是星期日，按照丹麦人的习惯，本应是彻底的休息日，连商店和银行都不开门。但这个周日，人们早早地涌到大街上，等待穿城而过的游行队伍和美味甜酒。

远远地就能听到音乐声和人们的欢呼声。当我背着摄影包赶到

闲聊的艺术在于找对闲聊的地方，并且摆出合适的姿势和表情让嫉妒的游客随意拍照。（丹麦 哥本哈根）

游行的终点——Grabrodretorv 小广场时，那里已经摆好了长长的酒桌，成百上千的酒杯里盛满了加热的 Glogg 酒。这种酒混合了红酒、白兰地、蜜糖、香料和葡萄干。快乐的人们随意地取用，每个人都分得一份免费的快乐。姑娘们身着圣诞节的盛装，端起大大的酒罐，为所有循着音乐声赶来的陌生人斟满酒杯。在游行队伍中，“圣诞老人”当然是必不可少的，而且还有好几个版本；中世纪的“守夜人”也组成了自己的乐队；各式各样装饰华丽的马车、雪橇和小火车上坐满了娃娃，她们一个个穿着各异，兴高采烈。有些娃娃小手里还攥着硕大的篮子，不断地把里面的饼干和甜点分发给路人，大家也毫不客气地尽情享用。

失落城俱乐部

神秘山谷中失落的城市，阿拉伯劳伦斯的经典传奇——约旦，充满了抓住游客眼球的浪漫魔力。它本应是一个游客如云、令人目不暇接的旅游国家，但中东局势的动荡给约旦带来了不利影响。总体来说，约旦还是一个相对安全、和平的国家，选择好时机去约旦不仅不会遇到乌泱乌泱的大批游客，而且更能静下心来仔细品味这座城。

它还是对中国游客最为友好的国家之一，沙漠部落热情好客的传统历经千年不改本色，不仅随处可见“阿拉伯兄弟国家”的开朗笑脸，而且还经常会有人邀请游客进入充满中东风情的帐幕喝上一杯肉桂咖啡。

佩特拉，热风驰过玫瑰谷的那一秒

在佩特拉，我只记得热风吹过耳边，石头变幻着色彩。这两样，已让人终生难忘，值回这一场匆忙、混乱的旅行。它们不仅让回忆

约旦孩子的课余生活不缺少探索历史的乐趣，因为他们就住在古城遗址的罗马柱丛林当中。（约旦　杰拉什）

仍然美好，而且会让人忘记一些挣扎、错愕的旧事，令尘沙滚滚中的旅途，依旧充满神奇。

早在到达那里之前，那条峡谷的照片我已经见过千百次。那座高大的玫瑰色城堡，我好像曾经坐在它的门廊上歇过脚。那修建精巧的水槽，我的手掌拂过它的曲线，如同握着旧友熟悉的虎口。没有惊喜，却也完全没有失望。见过云海的上空，落日和晨曦变幻的颜色如同魔法，却不知道烈日下通红烫人的石头，夜间冰冷入骨，也有同样的灵气——金黄、粉红到幽暗的阴影，如绸似缎，有蜜的味道，像兰的气息，静静变幻，不发一语，不染纤尘。两年半以后的冬天，我知道，那是天意的指引，是命运安排的相遇。

纳巴特人离去了，留下了他们辉煌的古城，任由翩翩少年在朔风中纵马飞驰。（约旦 佩特拉）

“失落城俱乐部”

“失落城”，是每个国家最渴望的旅游招牌。一座“失落城”就能捧红一个国家，一夜之间使它成为众多游客期待的目的地，而且它一定会理所当然地成为世界文化遗产。这样的“失落城”有：柬埔寨的吴哥，墨西哥的帕伦克，津巴布韦的大石城，希腊的米诺斯迷宫，印度尼西亚的婆罗浮屠，等等。千方百计求之不得的南非干脆斥巨资在荒原中建造了一个超豪华旅游区，名字就叫“失落城”。

在这种狂热效应的感召下，更有无数考古学家和探险家在数十年如一日地寻找最出名的失落城——亚特兰蒂斯。如果所有拥有“失落城”的国家组织一个“失落城俱乐部”，约旦完全可以淡定骄傲地告诉人们：“‘失落城’，我们有两座：佩特拉和杰拉什。”

绝大多数“失落城”一旦被重新发现，立刻成了身价不菲的观光地点，失去了“失落”和“发现”的味道，游客也体会不到发现古老文明的快感了。但是佩特拉，这座约旦的“玫瑰之城”，却因为独特的地形，能让访客过足发现的瘾，是一座况味十足的神秘之城。

从拿破仑远征埃及的时代开始，无数探险家都有这样的梦境：穿过茂密的雨林或者幽深的峡谷，一行人历经种种冒险，终于在峡谷尽头发现一座辉煌的古城……佩特拉就这样吊足访客的胃口，让这样的梦境完美再现。

走过狭长窄小犹如梦境一样的橘黄、粉红色悬崖构成的峡谷，游人仿佛走进了一条通向遥远古代的“时光隧道”，城市的喧嚣和纷扰被隔离在视线和思绪之外，在城市中难得体验的幽静成了观光高潮到来之前的序曲，人们不由自主地等待着惊喜的到来。

在峡谷中不仅有罗马人修建的驿道，也有佩特拉原住民纳巴特人（Nabataens）的神龛——朵夏拉之石。他们的神是一位脸庞方正的老者，神龛中几个原先固定经文石板的空洞下是纳巴特神的双眼和鼻子，但是神没有嘴。根据古老的传说，神是永远不开口讲话的，信众所有的善行和劣迹都会受到命运的奖惩——事实胜过教条。

游人到这里必然要问的问题就是：为什么古人把一个如此规模的城市， 花这样大的力量建在如此偏僻的地方？佩特拉最早是纳巴特人三千多年前所建。据推测，纳巴特人多从事贸易，在峡谷内有一个已经被毁的骆驼和商人雕像。经过久远的时间和战火的洗礼，雕像只留下骆驼和人的腿，但是在商人的脚上，一双中国“V 字口”布鞋依稀可辨。如今的约旦人自豪地宣称自己的祖先纳巴特人曾经通过黄沙漫漫的丝绸之路，到达过遥远的中国，带回了东方丰富多彩的货品，而且这一切，都发生在马可·波罗的游历之前。

佩特拉是一个古往今来绝无仅有的从石头上硬生生凿出来的城市，难攻易守。如果不对纳巴特人的生活方式进行一番考据，人们很难理解在此地建城的逻辑。纳巴特人的游商身份，使得他们对阿里巴巴式的藏宝地点有天生的偏爱。其建筑大致有两种类型：一是摩崖石窟，包括墓穴和住屋； 二是用石料建成的建筑。

今天残存的摩崖石窟较多。石建筑大部分是罗马人占领后建的。 佩特拉也保留着一条不长的罗马古街道——一千多年前的古人就有了步行街的概念，还在街口树立了阻挡马车进入的石柱。这的确令人感叹他们的城市规划水准。要探索佩特拉，最好在当地找旅馆过夜。一般旅行团都从安曼当天来回，其实这很可惜，因为欣赏佩特拉的最佳时刻应在日出和日落时段。

谈谈纳巴特的历史。公元前582年，专向商旅抢收过路费的以东人被来自美索不达米亚的巴比伦军队所灭——之前，这支军队才刚征服了耶路撒冷。后来，接管此地的纳巴特人在此建立王国长达四百年，之后到的罗马人也经营过这里。当时罗马人围城半年，不仅不得其门而入，而且被纳巴特人的滚木雷石狠狠修理。有一天，罗马人意外发现了纳巴特人精心修筑的密如蛛网的供水系统的源头。经过一番破坏，峡谷里的水渠终于断水。据说在一个月朗星稀之夜，纳巴特长老聚集全城族人议事。有人决意以死相拼，但是最后他们决定神秘地消失在大漠戈壁的尘烟之中。这一走，他们不仅从佩特拉消失无踪，更从历史的记载中消失。他们去了哪里从此无人知晓。

我就此事询问过约旦朋友Ridwine先生。他的回答意味深长："也许他们厌倦了商业文明带给他们的财富和痛楚，决定从此向其他文明妥协，用放弃自己的原则换取和平；也许他们变成了其他民族的成员；也许他们就生活在你我身边；也许他们去了中国。还有可能这个谜题会像玛雅人、吴哥人的去向一样，迟迟不能被人们破解，也吸引着更多的后人继续探索。

纳巴特人一走，佩特拉就成了罗马城市。他们大兴土木修建了宫殿城池。但后来罗马帝国衰落，古城再度被遗忘，成了"失落之城"。

佩特拉的遗迹有纳巴特墓冢群、神庙、祭坛、城市，以及罗马驿道、剧场、教堂、军营等，当然，最引人遐想的还是名为"法老王宝藏"的 Khazneh el - Farum。这是从玫瑰色砂岩山壁挖出来的罗马科林斯式神殿。

佩特拉最令人难忘的还是那些山崖上鬼斧神工凿出的壮观建

筑。这些看上去像住宅的建筑实际上大多是墓穴，按主人的身份而分大小和简繁。低至贵族，高至国王，这些石墓凿得就像豪宅和王宫，雕琢无比精美。最有名的两个分别叫“宝库”（Treasury）、“僧院”（Monastery）。其中，“宝库”（这是英语国家的人给它起的名字，因为建筑顶端有一个巨大的类似放宝物的盅）坐落在峡谷豁然开朗的地方。人们在走过了长达近一公里的峡谷后，突然看到色彩斑斓的圣殿在阳光的照射下巍然屹立，犹如序曲后交响乐队突然奏响的华彩乐段，整个身心和所有的感官全部被它占据，流风穿过峡谷发出的声响、变化万端的岩石饱满的色彩、阳光炙烤下岩石发出的味道甚至清风滑过肌体沁出汗珠的凉爽感觉，无一不让旅人的期望倍加满足。

纳巴特人去了哪儿?

纳巴特人是阿拉伯游牧民族，约在公元前6世纪从阿拉伯半岛北移进入今天约旦和南叙利亚境内。他们凿岩为城，建立了首都佩特拉。那时，佩特拉在越过阿拉伯谷地后向西直通地中海港口，是阿拉伯商队东西贸易的隘口，城市日渐繁荣，国力大增，成为中东一个强悍的国家。由于佩特拉易守难攻，唯一的入口是狭窄的山峡，可说是“一夫当关，万夫莫开”。希腊人、罗马人几次进犯，都无功而返。公元106年，罗马军队实施“断水计”，断了城内军民水源，占领了佩特拉，使之成为罗马帝国最繁荣的一个省，被称为阿拉伯人佩特拉区。佩特拉在罗马人手里继续扩建，一直是东西商路的重要中心。随着南北商路逐渐被打通，货物直接从南边的红海出入，

佩特拉最著名的峡谷，被我称为「神光走廊」。（约旦 佩特拉）

佩特拉逐步失去了原有的重要地位。最后，人去城空，渐渐被人遗忘。直到公元 1812 年，瑞士探险家伯克哈特才重新发现了它。佩特拉在销声匿迹了几百年后，终于重见天日。

瑞士探险家约翰·伯克哈特能说一口流利的阿拉伯语，打扮得

佩特拉的保安制服挺威武，不过他的笑容真的很羞涩。（约旦 佩特拉）

像一名穆斯林。他发现佩特拉后，说服了当地的一位向导，表示希望能在一座墓前敬献一头山羊（因为他听说这座墓的附近有一座被埋没的城市）。那位向导便带着伯克哈特沿着如今游客到佩特拉的必经之路锡克——一条深陷在岩石的狭窄的裂缝行进。当他们沿着狭窄、隐蔽的锡克前进时，忽然看见了阳光照射下的宝库正面。毫无疑问，这样的经历在任何时代都给人一种惊奇的感受。

纳巴特人是阿拉伯游牧民族，约在公元前 6 世纪从阿拉伯半岛北移进入该地区（今天的约旦和南叙利亚）。在他们建造的众多安居地中，尤以首都佩特拉最为突出。佩特拉是一个值得介绍的地方：第一，它易守难攻——唯一的入口是狭窄的山峡，敌方无法调集大军攻城；第二，资源丰富——环抱城市的平原上森林繁茂，牧草肥沃，利于游牧；第三，水源充足——一股终年不断的喷泉为这里提供了可靠的水源。

在罗马人统治下，佩特拉曾一度繁荣昌盛。罗马工程师铺筑商道，改进灌溉设施。可是佩特拉的贸易——该城的经济支柱却开始发生变化：越来越多的货物依靠海上运输，地中海海岸的一座名叫亚力山大的城市抢走了它的一部分生意；陆地运输也开始变化，罗马人在它北部兴建了一条大路，连通了叙利亚的大马士革与美索不达米亚（今天的伊拉克），抢走了更多的运输贸易。到了公元 3 世纪，佩特拉的经济实力和财富大大减弱。公元 4 世纪，佩特拉沦为拜占庭（或称东罗马帝国）的一部分。公元 7 世纪，伊斯兰教在阿拉伯地区东山再起，迅速波及西亚和北非地带。阿拉伯帝国日趋强大，最终控制了从西班牙到阿富汗的广大地区，阿拉伯人佩特拉区又成了阿拉伯帝国的一个小省。

修建在约旦岩石山上的佩特拉古城，1985 年被列为“世界文化遗产”。“威地穆萨”，意思是摩西之谷。相传，摩西曾经用手杖敲击峡谷使泉水喷涌而出，峡谷因此而得名。被汇集到西克峡谷水渠里的，除了摩西泉以外，还有周围许许多多的涓涓细流。如此精

毛驴也懂得乘凉，古城则在烈日下变幻着奇妙的色彩。每一秒，佩特拉的「玫瑰谷」都在阳光下呈现出不同的风景。（约旦 佩特拉）

妙的水利工程修建于两千多年前，水渠上甚至还有过滤装置，足见纳巴特人高超的技术水平。

在近两千年的时间里，佩特拉古城远离人类生活，只存在于传说中。公元 1812 年夏天，瑞士的探险家发现了这座掩藏在岩石屏风后面的庄严殿堂遗迹。于是，沉睡了两千年的古城被唤醒了。

掏空岩石山建成的这座殿堂式建筑高 43 米、宽 30 米。沙漠中的居民贝都因人称其为“卡兹尼”、“法老的宝库”。其建造年代大约是公元 1 世纪至 2 世纪左右。从美术史角度看，其建筑风格受到了罗马或者亚历山大的影响。与它豪华的外观相比，卡兹尼的内部其实非常朴素，只是一个长方形的空间。而且，至今人们也不清楚这座建筑物的用途。比较有说服力的推断是，它可能是一座祭葬殿，或者是佩特拉国王的陵墓。佩特拉古城，至今依然谜团未解，神秘莫测。沙漠中，岩石山深处的佩特拉古城遗址已经被发现了近 200 年。可是，已经完成的考古挖掘，据说还不到遗址的百分之一。

它的宏伟与壮观可以与希腊、罗马建筑相媲美，而且它们都是削掉山头，凿穿岩石后建起来的。公元前后，佩特拉迎来了它的鼎盛期。纳巴特人积极向外推进，最终和罗马帝国形成了对立。当然这也是悲剧的开始。公元 106 年，佩特拉城被罗马帝国吞并，其后逐渐失去了商路要道的地位，无可挽回地走向了衰退。而公元 363 年的大地震，更进一步摧毁了佩特拉城。拥有高度文明的纳巴特人，为我们留下了神秘的王国和众多的谜团之后，消失在历史的夜幕之中。

为了火山，我曾经一再远行

我面对过的火山，有皮纳图博火山、大雅台火山、马荣火山，也有富士山火山、维苏威火山、埃特纳火山，还有因火山得名的伍卡诺（Volcano）火山，也有每天喷发的斯特龙博利（Strombli）火山。为什么我对火山着迷？为什么我对火山神往？全然没有答案。但是面对它们的那一刻，我能感受到的只有全然无扰的宁静，在匆忙繁杂、挣扎不断的一生里，有了那一刻，我认为值得。

正是这种无法言喻、无与伦比的宁静，才能让人真真切切地感受到整个星球的神奇，是一种自己确确实实生存着的“生活的实感”。看到火山熔岩如欢快的焰火，并伴随着怪兽低吟似的“隆隆”作响声射向高空，你会恍惚地相信，自己脚下的大地，也同样有生命存在，同样有自己的脉搏与意志。同时，你会明白，自己是这个活力澎湃的终极神奇的肌体上多么渺小而幸运的一分子。只有面对着火山，你才会相信这个奇迹；只有在那个场所回看自己身后的长长来路，你才会明白什么是你生命中真正值得被铭记并真正值得自豪的时刻。

大雅台火山口的祖孙。（菲律宾 大雅台火山）

菲律宾人把「二战」时期美军留下的吉普改装成了名叫「吉普尼」的小巴。它的美国血统和硬朗的引擎咆哮声使它成了当地人最爱的交通工具。（菲律宾 马尼拉）

菲律宾不缺温柔的海滩，也不缺脾气暴躁的火山。人们和火山朝夕相处，每天对望。（菲律宾　马荣火山）

马荣火山再次隔三岔五地喷发，我能想象它醒来时的姿态与声音。我能闻到浓重的硫磺味道，也能听到夹带着火山灰的强风带来的讯息。我能明白它带给那个遥远海岛上勇敢生活着的人们的未来，更能体认他们不愿意离开这位毁灭之神与创造之神的种种缘由。

正是这个难以言说的理由，让我明白这个世界上还存在着很多需要靠勇敢的远行才能了解的神奇。因此，我爱上旅行，爱上一切能颠覆我惯常思路和成见的远方。

面对火山那一刻，我看到每个人的脸上都有很快乐的笑容。那个马尼拉来的姑娘跳上我们的吉普车的时候，我想到了 7 个小时前的那一刻，当时我看到每个人的脸上都掠过一丝濒死的恐惧感，吉普车司机在山体崩塌的时候夺路狂奔……那一天，我们在皮纳图博。

幸福与否，不在于你拥有多少，而在于你的底线有多低。火山能教会你该如何拼死一搏，也能教会你如何露出笑容。

现在回想，已经忘了到底是谁的创意，不过大家一致觉得这个创意非常酷：去菲律宾，不为别的，只为看那三座火山！它们是：皮纳图博，最狂野的喷发者；大雅台，最奇特的湖中火山；马荣火山，最完美的火山锥。邂逅火山，就像直视一个有着魔鬼身材的姑娘，目光深入她火辣的双眼之中。也许是这个念头太过轻浮，疏于防范的一队人在皮纳图博被狠狠教训了。

登山的那天大家没想天在下雨，甚至没想摄影设备是否得到了充分的防护，也没想需要多少时间抵达等问题。

包租的两辆吉普车开到酒店门前的时候，我们更是被它们酷酷的外表搞得过于兴奋以致冲昏了头脑：两个亮黄色的家伙个个架势十足——宽大的轮胎，二战老兵的面孔，粗大的黑色防滚架，敞篷……男人孩子气的虚荣心得到了极大的满足。

车子驶过热带植物葱茏的边远村路，沿途响着喇叭赶开挡住半条路的硕大水牛，甩开狂奔追逐着我们的儿童，奔驰着闯过镜面一般安详的大片水田……车子压过积水的大片荒滩更是让人兴奋莫名。不过上岸以后的场景确实让人心头略微一沉：宽广的数十公顷的土地寸草不生，全部覆盖着厚厚的火山灰；深灰色的土壤像柔嫩的肌肤一样细腻，却透着夺命利刃的寒光；神似日本武士刀背的云纹，透着粗砺的杀气！

一个老农正在水边洗他的水牛。“这样的土地是火山的恩赐，稻米的产量是普通土地的四倍！”他说道。我们听罢此言，不禁五

马荣火山脚下的这个少年，期望他的斗鸡能够赢得下一个周末的比赛，因为他需要买些新的文具。我们让他的愿望提前实现了，但是他的表情，为什么一直这么严肃呢？（菲律宾 黎牙实比）

味杂陈：这就是村民在灾难过后不离故土的原因吧？抑或他们根本没有别的选择，所依所恃唯有妻儿、老牛与杀人的沃土。

也就是在这场短暂的谈话过后，皮纳图博展现了它鬼魅般的力量：天空开始转阴，起风，雷声滚滚。

司机大哥更是恰到好处地告诉我们一个“好消息”：他们只能送我们几个到前面不远处山脚下的谷口，剩下的路需要自己爬，当然，那里会有一个导游在等我们。

一行人好像中了魔咒一样开始一言不发地沉默着挺进，之后引擎轰鸣，而且声音越来越大，汽车的行进越来越吃力。

我坐在后面的一辆车上，看到前面的吉普开过一个峡谷的转弯，消失在视线之中。这时候天已经开始落下黄豆大小的雨点，地面上不知什么时候开始冒出涓涓细流。这细流在转眼之间变成小河，然后变成了贴着地面流淌的瀑布。

突然，一种比雷声更低沉的声音远远地一路响过来，然后是几乎疯狂的马达呜咽，前面那辆吉普蓦地冲了回来！

“搞什么？！”我正在诧异之间，视线里大片陡直的黄色山体像解体的冰山一般崩塌下来！

我能看到司机大声嚎叫的口型，我能想象他在喊什么。不过，现实的轰鸣使他的解释完全变成了多余。

更加奇怪的是，一个干瘦的小身影像从地下冒出来一样站在了我们愣住不动的车旁——我们的导游来了。

迎接我们的导游是个小老头。他戴着一顶克拉克美国空军基地的棒球帽，怪异地咧嘴笑着说：“我原先是基地的地勤人员，基地被火山毁了。现在我是你们的导游。”不过他手里拿着的既不是空军地勤的导引棒，更不是导游的小旗子，而是三个装在塑料袋里的小小的白色餐盒，里面装着我们几位的午餐——鸡腿饭。

皮纳图博充满魅惑的微笑又出现了。像有人关了龙头一样，雨停了。云层中间出现了一个空洞，阳光怪异地撒了下来。这不是鬼在笑又是什么？

“阵雨而已。”小老头又怪笑了。这种怪笑让我们几个哭笑不得。“山体滑坡不过小意思。这里的山体有很厚的火山灰，像面粉一样松，好在这段山谷很宽。”我们面面相觑，觉得这家伙要钱不要命的劲头像个俗人，而那种怪异的微笑和眼神活像个小鬼。“要不要试试看？我觉得没问题。”他在挑战我们的想象力。

如果是你，你会怎么决定？

我们好像没有选择。回酒店睡觉无疑会让你后悔半辈子，但是上山，也许就没了下半辈子。

我们此刻最希望看到的是另一队登山者，哪怕是傻傻的日本人。可是没有。

此时，云洞里洒下了更多的阳光。

善变的不只是天气，甚至还有火山的面貌。如果火山灰冲积平原的线条还算柔美，那么随着攀登前进的脚步，人们看到的火山简直就是另外一个世界：越来越多、越来越大的岩石挡住去路；越来越疯狂蔓生的植物让我们这帮城市人既感到惊奇又觉得诧异；火山和丛林的战争简直像极了男人和女人无休止的战争，征服和毁灭越是狂野，反抗和报复就越疯狂！草木如同在和时间赛跑，想要第一时间抹掉爆发的遗迹。而曾经毁灭它们的火山灰这时候反而成了导致它们极速成长的最好营养。

这辆「吉普尼」的司机在车身上画了马荣火山的图案。显然他和我一样对火山充满热情。（菲律宾　黎牙实比）

皮肤黝黑的菲律宾交通警用舞蹈般的手势指挥着混乱不堪的交通。（菲律宾　马尼拉）

上脚下冲积平原的线条的确欺骗了我们。现在，我们已经不得不手脚并用地向上攀登，和自然的博弈也变成了和自己的鏖战。脚下崎岖小路已经默默消失，取而代之的是边缘锋利的岩堆，双脚热得发烫，能踩上一块平坦的石头都变成了对脚掌的奖赏。起初觉得脚下的涓涓细流很是恼人，尽量躲避着水流免得弄湿靴子，但是仅仅几十分钟以后，这种念头就变得可笑。灌满靴筒的山泉已经变成求之不得的冷却液！

现在，让人担心的是雨又开始下。顺着山道、峡谷迎面而来的细流已经变成裹挟着细沙不由分说灌满鞋子的激流了。我们已经顾不得停下来清空鞋里的泥沙，只是想：那个小老头脚上的人字拖真是太科学了！

柔能克刚。此言不虚！

就在大家已经不可思议地习惯了被雨淋透的时候，就在我们感叹从叽叽歪歪、挑三拣四的城市人变成地道的野人，从文艺男变成猴子般灵活冲锋的野战军竟然只需要短短三个小时的时候，那个干巴小老头突然双手往腰间一插，无比威严地站在我们头顶上方的岩石上宣布：午饭时间到！

我们面面相觑：他以前只不过是克拉克空军基地的一个地勤，但现在是魔鬼教官！

也就在这个时候，雨停了，太阳吊诡地露出云端。我们像小老头一样诡异地笑了。一个念头突然冒了出来：上山前把队里唯一的姑娘留在旅馆实在英明！因为现在，我们只有一件事情想做：脱个精光，晒太阳！

是时候把沉重的相机拿出来检查一下了，好在它们没问题。那副德行，现在想想实在可笑！

那一刻，每个人不由自主、不约而同、放声大叫……

片刻宁静，美得让人窒息，你甚至能听到山顶流云抚摸悬崖危石的声音！

环绕四周的黑色岩石仿佛刚刚淬火的战斧。火山口湖的颜色是那样翠绿，你做梦也想象不到这世上竟然有这样无比清纯、无比性感的地方。

火山口湖边那个小草棚让人遐想不断。唯一的念头是希望永远待在那个地方，只是看着这个场面。

1991 年前，皮纳图博火山并不知名。当地没有人经历过火山喷发，也未发现关于该火山喷发的历史纪录。1991 年 6 月 15 日的爆炸式大喷发是 20 世纪世界上最大的火山喷发之一，喷出了大量火山灰和火山碎屑流。火山喷发使山峰的高度大约降低了三百米。据统计，1991 年 6 月 15 日的大爆发，抛出的火山碎屑物总体积超过五立方千米。火山灰云升到 35000 米的高空，在平流层中悬浮飘移，其中约有 2000 万吨是二氧化硫，导致地球气温降低约 0.5℃达两年之久！爆发时还有火山碎屑流沿山坡滚滚而下，填满附近的深谷，最厚达 200 米。到 1996 年，这些火山堆积物的温度还有 500℃。原来的火山锥因爆炸崩塌，形成宽达两千五百米的破火山口，高度降低约 300 米，因此被火山学家评为 20 世纪地球上第二大的火山喷发。四处飞扬的火山灰使 30 万公顷农田绝收，7000 多顷森林毁于一旦。火山灰甚至远落到印度尼西亚、马来西亚、新加坡、泰国以及中国海南省和福建省等地。

菲律宾火山地震研究所和美国地质调查局的火山学家对皮纳图

博火山的爆发做出了预测，从而挽救了成千上万人的生命。然而，猛烈的火山喷发还是造成了超过 300 人死亡和巨大的财产损失。

1991 年 6 月 15 日下午，当台风经过时，皮纳图博火山最强烈的“普林尼式”喷发开始。火山碎屑流沉积填满河谷，一个巨大的火山灰和气体烟柱进入大气圈，并形成了一个直径2.5公里的火山口。为了预防更强烈的喷发，疏散半径增加到 40 公里。然而，台风和雨使火山灰又湿又重，降落到人口稠密的地区，致使约 200 人死在压塌的屋顶下。台风加剧了火山泥流，增加了死亡人数。

看着这个曾经夺人性命的火山口，你分明感到应该说点什么，应该发发感慨。不过，那个时候我的脑子里却什么也没有。有的只是从未有过的平静和从未有过的空空如也，有的只是满足和幸福。

再次见到那两个逃命的吉普车司机的确是种完美的体验。这表明：我们活着回来了！下山的路上车身两边是翻腾着的像龙脊一样的激流。这时候天色已经相当阴沉，大雨如注。管他呢，反正皮纳图博已经不能把我们怎么样了，一切变得相当美好。司机在阴森的冲积平原上又一次突然停车的时候，我们嘲笑他现在搞这种把戏实在老套，一点都不酷。一个远远跑过来的小黑点却让我们冷不丁冒出一个念头：今天整个山上真的只有我们几个人么？

那个黑黑瘦瘦的菲律宾姑娘灵巧地蹿上吉普车的时候，从她敞开的领子里滑出一条长长的项链，上面挂着的铁十字架被甩出老远，差点拍到司机的脸上，打在防滚架上发出清脆的响声。她来自马尼拉，带着两个向导。这个“豪华”的登山队昨晚露宿在山上。据说这山上的确发生过一些意外。不过在我们双方看来，最令人不愉快的意外是，我们不能跟朋友们吹牛说在这个大雨天里登上皮纳图博的只有我们自己一支队伍。

回到旅馆，我们每个人都用了一个小时清空自己靴子里的沙子。第二次去菲律宾，只是度个假，完全没有第一次来的时候那么酷——那一次是来爬火山。不过这次的菲律宾之旅也有自己的惊险情节。似乎我每次来菲律宾都会碰上怪兽，而且总是很大只——上次是皮纳图博火山，这次是“凯萨娜”台风、“芭玛”台风、苏门答腊地震、东巴布亚地震，还有萨摩亚的海啸，最后干脆在菲律宾的内海定音鼓一样扎实地来一次地震，好在发生在海面下的地层深处。那天，我们正赶飞机准备离开。看看地图，我们好像被一群怪兽包围在当中。

我在以前的旅行中从来没试过邂逅什么大麻烦，这次算是与“哥斯拉”擦肩而过——“凯萨娜”热带风暴在我们出发前一天把菲律宾的首都马尼拉淹成了一个大游泳池，而且风暴过处房倒屋塌，竟有几百人遇难，新闻画面看起来相当恐怖。当时想，这事最坏的可能就是取消机票，港龙国泰告诉我要交五百多块的退票款。问他们关于当地天气的状况，对方的回答相当官方：“请留意网络和官方天气预报，请恕我们没有进一步消息……”中国香港普通话，听起来有些怪异，但是显然对退票的态度还是很坚决的。热带风暴有多可怕，我尚未体验过，只在探索频道看过《追风行动》。不过我们没有装甲战车，面对的也不是身材魔鬼般玲珑有致的龙卷风，而是热带风暴这大块头的怪兽。热带风暴和台风是一回事么？当时忙忙活活，根本没心思去好奇这种技术细节。我们马上又给预订的酒店发了邮件，衷心祈祷海底光缆像海怪的尾巴那么强悍，可以与“哥斯拉”周旋一阵，一堆堆小小的“0”和“1”能够沿着这根尾巴快快钻到北京来。

马荣火山拥有全球最完美的火山锥，匀称的体型相当迷人，不过它经常在当地潮湿的气候下被轻纱般的浮云遮住。（菲律宾　黎牙实比）

等了一个下午，邮件终于来了："这边没有'马尼拉'那么可怕，太阳已经出来了！"于是一块石头落了地。且慢，是一块石头刚落地，另外一块又砸了脚——我们的国泰航班被困在雨中的香港机场，像只吃了不新鲜老鼠的大猫，哼哼唧唧不肯动身。窗外暴雨如注，想必是"凯萨娜"宽大的裙裾或者是"哥斯拉"的尾巴扫到了香港，大名鼎鼎的香港天文台挂风球了。

"没什么办法的时候，也没什么好担心的。"这是我一贯的旅行哲学。在路上，不就是为了体验一下老天的脾气吗？作为渺小的芸芸众生的一员，跟造物主聊个天儿，见识一下他大发脾气时候的表情，没有什么不好。上天给的，你只管接受；上天要的，你也一定留不住。我不关心自己不能左右的事情。热带风暴怒火的余波，比我专业得多的人正在努力地处理着；那个镇定地旋转着的小小圆圆的气象雷达，我也不必去管它。我需要做的，不过是耐心等待，听老天时而暴怒时而又絮絮叨叨。

好在"凯萨娜"像我们一样，一心想着度假，渐渐地平息了怒火，直奔"度假胜地"——海南岛而去。我们可以出发了。这风暴果然有女孩子一样的善变脾气。是哪个天才给它取了这么温柔的名字？

临走前，我还了却了上次来菲律宾的一个心愿：买走了一块皮纳图博火山的石头作纪念，我偏要虎口拔牙。

最近的气候很不正常，媒体气氛更不正常，大家开始不约而同地担心起世界末日来了。

好莱坞为此还拍摄了一部大片《2012》，唯恐天下不乱地搬出了玛雅人的末世预言，几个大牌科学纪录片频道也不甘寂寞地炒作起诺查丹玛斯、2012 年 12 月 21 日的行星排列、地球磁场消失、宇宙伽马射线大爆发、太阳膨胀、黑洞突然出现，甚至连欧洲的强子对撞机都被《天使与魔鬼》炒作成了人类自毁前途的人造撒旦，男主角汤姆·汉克斯也早就不是原来那个傻开心的阿甘，摇身一变成了满脸旧社会的美国式救世主，实在是假得可以。马尔代夫为了炒作旅游还专门在水下召开议会会议，让各大部长戴上水肺煞有介事地在海平面下办公。那意思是：游客快来马尔代夫度假吧！现在不来，以后就不用来了！

不管是阴谋论也好，人类造孽的报应也好，为什么要弄得大家战战兢兢？真正该为气候变化负起责任，或者说能有所作为的大人物，恐怕才是真正应该做些什么的人吧？

少开一天车，少点一盏灯，少用一格卫生纸，少用一个塑料袋……只要有人提出办法来，讲清楚为什么要这么做，每个无足轻重如你我的普通人都会群起而响应。而且，重点在这里：越是小事操作性越强，被我们这些普通人执行起来越容易。所以，老大们还是少开一些会，少一些空谈，省下钱来多做些实用的环保宣传，多教教我们如何去做那些有用的“小事”吧。

我就是这么想的，所以我在台风多发的季节去了台风扎堆儿的菲律宾。我不害怕世界末日，不担心海啸、地震。该做的做好，该看的看饱，如果世界末日明天就来，也可以少些遗憾。剩下的事情，让老大们和上帝去折腾吧。

（印度　金奈）

Interludes

⑤

插曲

绿色的旅行，是除了脚印什么也不要留下，除了照片什么也不要带走。而我的旅行，除了脚印还要留下一声“你好”或者“谢谢”给陌路人，除了照片还要带走他们的欢笑声。

香料魔女的航迹

“如果人的一生可以跨越数千年，也许我们就能够比较轻松地理解那些现在看来令人匪夷所思的历史片段，比如为什么在遥远的古代，会有人为了花椒、大料而发动战争。”这是我在中学历史课上的胡思乱想。而那个时候，更让我感兴趣的无疑是，教室前排那个梳着马尾辫子的女孩子心里在想着什么。

时光转眼过了20年，当我真正站在当年“香料航路”的重镇——印度科钦海边的华盖般遮住半个天空的那棵巨大榕树下时，绿荫里斑驳摇动的光影唤回了我中学时的浅淡回忆，而那个少年时代的谜题仍然未解。

其实，一部香料发现的历史，照映出人类对财富的贪婪、虚荣和迷思。几百年过后，我们有机会平静地对待这段历史，仿佛看着自然历史博物馆里的一具标本，想来十分有趣，也为旅行增添了颇为幽默的主题。

混血的科钦，有不一样的面孔。（印度　科钦）

香料圣徒和香料骗子

千百年来，我们中国人用香料来炖煮年夜饭餐桌上的酱肘子和红烧鱼再平常不过。但是在欧洲，香料则意味着更加传奇和跌宕的戏码。有籍籍无名的人因香料而成为法力无边的圣徒，也有大名鼎鼎的人因香料成为臭名昭著的骗子。

公元 1447 年，意大利南部卡拉布里亚地区的皇家审计员德莱西亚得了一种怪病，在病榻之上痛苦地挣扎了 33 天。他那位遍访名医无果的妻子多娜·凯瑟琳妮娜，最终决定向圣徒佛朗西斯（公元 1416—1507）求助。

香料本是和蔬菜水果一样的家常之物，却在西方人贪婪逐利的狂潮下，成了血腥战争的理由。（印度 科钦）

圣徒很快开出了药方：烤两个面包，然后在面包的两面涂上用胡椒、桂皮、生姜、丁香磨成的粉末，分别置于患者的背部和腹部。我们不难想象，凯瑟琳妮娜的脑海中当时浮现出的怪异场景：一个妻子，亲手将自己患病的丈夫做成了硕大的人肉三明治！

这个药方实在太过离经叛道，以至于焦急的妻子面对这最后的希望迟迟不能下手。数日后，在其他医生全部束手无策的情况下，圣徒再次出现了。他斥责凯瑟琳妮娜的犹疑和不信任，无奈的妻子带着深深的绝望和狐疑，最终决定动手为丈夫治病。她走进了厨房。故事有个美好、传奇但是同样让人难以置信的结局：丈夫的病痊愈了。这个神迹被圣徒佛朗西斯堂皇地写进了他的著作《法案》。

很难说这个言之凿凿的故事是否证明了香料的神迹或者圣徒的法力，但是我们确实可以得知在那个遥远时代，欧洲人对香料是如何推崇备至。也正是这种推崇，造就了另一个说实话人的人生悲剧——他就是大名鼎鼎的马可·波罗。

马可·波罗的悲剧始于他懒得动笔，而是让他监狱中的狱友鲁斯蒂凯罗（Rusitichello）代为执笔写就了巨著《马可·波罗行纪》。须知此公在和马可·波罗同时身陷囹圄之前，是一位畅销小说作家。所以当马可·波罗用真诚的笔触和朴实的风格，描写那方圆一百英里拥有12000座石桥的杭州时，激起了众多意大利人的激愤与质疑，其中当然也包括以水乡和桥梁众多著称的威尼斯人。他们把作品中对中国的描写斥为无耻的夸张和添枝加叶的炫耀。当人们在马可·波罗书中读到“杭州一地市场上的胡椒比所有基督教国家加起来的一百倍还要多”的时候，就更加认为“马可百万”是骗子了。真实的消息就这样反被说成是无稽之谈。

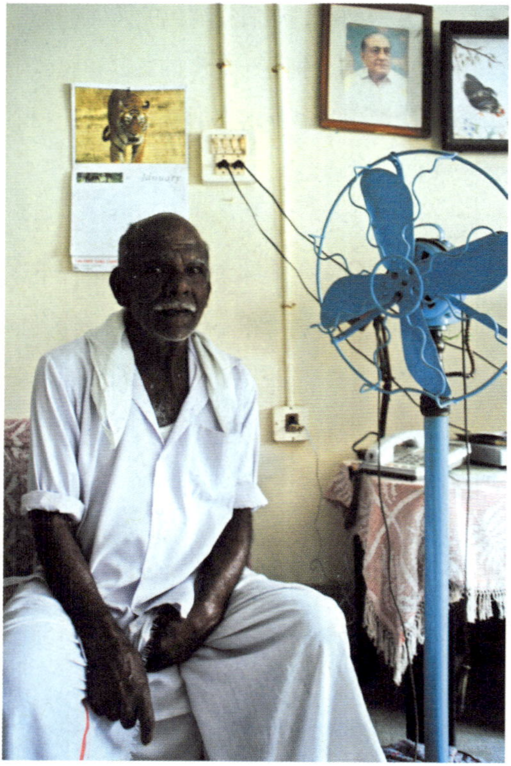

科钦香料期货交易所的一角。（印度 科钦）

在马可·波罗的时代里，所有基督教国家到底有多少胡椒，恐怕一时难以说清，不过我们还是可以在历史中找到一些蛛丝马迹。公元 1256 年，在为造访的苏格兰国王和王后举行的“圣母升天节”盛宴上，“总共使用了生姜、胡椒、桂皮各 50 磅，丁香 4 磅，肉豆蔻皮和籽各 2 磅，另有高良姜 2 磅。”如此堂而皇之地把我们厨房里的物什写进皇家历史，在现在的东方人看来，的确有点儿小题大做。不过在那个年代，这些花椒大料之类的调料，当真是皇家“炫富”的本钱，足够他们大大地满足虚荣心，并自鸣得意很多年。

马可·波罗死后 200 多年，同样是威尼斯那个高傲的商业都市，却在为香料贸易大唱赞歌。探险家和编年史作家托姆·皮雷斯（Tome Pires，1468-1540）一针见血地指出了这歌声背后的阴影：“谁做了马六甲的领主，谁就扼住了威尼斯的咽喉！”

时光就这样流逝。它创造了辉煌传奇，也创造着滑稽的谎言：胡椒曾经被古埃及人用来为木乃伊防腐，并且放入拉美西斯大帝鼻梁；13 世纪的时候，胡椒也被用来放进产妇的嘴里减轻剧烈的产痛；肉桂和丁香在旧约时代被祭司磨碎做成“香膏”置于庙宇中膜拜，并传说曾经涂满耶稣尸身；香料还在公元 1353 年被教皇英诺森六世从遥远的印度买来，治疗他那只打不起精神的鹦鹉——这宝贵的“天国物产”，时而被称作香料，时而成为名副其实的笑料。更重要的是，威尼斯商人和后来的荷兰人、英国人能够用它来获得倍增的利润。12 世纪初，威尼斯每年要向英王亨利五世赠送 50 磅的胡椒作为贡品。在公元 1248 年，1 磅肉豆蔻皮在英国值 4 先令 7 便士，相当于买三只羊的价钱，后来，一磅肉豆蔻已经涨到可以换回半头牛的价格。

香料强烈、陌生的异域气息，在世界尚且被山海隔绝的时代，在人们因为对未知世界好奇而勃发的想象中，成了天堂和现实的奇幻通路。它抵抗腐朽和若干疾病的能力，又让人们将它视为战胜死亡恐惧的圣物。其稀缺的来源，又使得香料成为帝王后妃满足虚荣和炫耀财富的最佳载体。香料，圣徒光环般的魅力并不是来自它们吃起来味道好，而是来自它们在那个时代显得无比高贵，就如同今天的海参、燕窝和普洱茶一样。香料，被狠狠炒作了。

你要知道：如果已经摄入了超标的农药或三聚氰胺，海参和燕窝是救不了你的；如果已经被贪婪占据了全部的身心，法师也不能使你快乐无忧，就如同当年的香料；如果牛肉已经腐化，用花椒大料所能遮盖的，仅仅是腐败的气味，而不是腐败的事实。

西塞罗曾经说，对我来说，饭食中最好的香料，就是饥饿。早在公元 22 年，古罗马提比略皇帝就曾经在元老院大声疾呼：奢侈的习惯和对东方异食的贪图，使得大量金钱像失血一样流往“异国或敌对国家”，无异于“对国家的颠覆”！争夺香料的战争，显然并非始于资源的稀缺，更不应该怪罪无辜地高悬在枝头的青涩胡椒子。它是人们因贪欲而强加给摩鹿加群岛的悲剧。

香料之城

喀拉拉是《国家地理》评出的 50 个“一生必游之地”，喀拉拉是印度最南部的一个邦，很多印度人都没有去过。科钦，是那里最安静的城市。像我这样奔四十而去，却小孩儿般天真又留在原地没有继续发育的人，会觉得那个地方自己在 30 多年前就去过。

科钦曾经红极一时。在古代，香料曾经贵比黄金，还有人为它交战；那时的科钦是通往“香料天堂”的大门、香料贸易的重镇。而那个时代早就过去了，就像美丽神秘的印度空姐乘坐的银光闪闪、隆隆作响、尾巴上涂着鲜艳家族标记的巨大飞机飞过天空留下的白色航迹一样远去。

科钦堡一带静谧的老屋有一种神奇的沧桑，五六个人才能环抱的榕树垂下无数枝条，树下的一把空空的藤椅，有宽宽的靠背和舒

如果仔细端详，胡椒是一种很有风情的美丽之物。（印度 科钦）

科钦的海鲜市场是个绝对值得光顾的地方。（印度　科钦）

服的扶手，让人浮想联翩。枝头的蝉鸣，是唯一打破沉静的声响，宽大的操场上烈日炎炎，心情却是清凉的，穿着校服的孩子和全印度的小学生一样，煞有介事地玩着板球。他们一丝不苟地争夺着胜负的表情，仿佛这里不是周日的练习，而是在进行着英联邦冠军赛的争夺。我们在维多利亚时代的老茶馆里端着茶杯看落地窗外的这场比赛，闲来无事的侍者放下厚厚的报纸，从乌黑发亮的吧台后面偷看我们这些远来的旅行者。

在科钦堡入海口的海滩上，伫立着著名的中国渔网（Chinese Fishing Net），这已经成为科钦的地标性景物。渔网系在四根木柱上，四根木柱的顶端收拢在一起，再由一根更粗大的长木吊住，长木的另一端系上石块压重，利用杠杆原理，只需五六个人便能操作一张渔网。一张张渔网沿海滩一字排开，每隔几分钟起一次网，颇为壮观。中国渔网旁立有石碑，上面刻着：“公元 1341 年洪水暴发，中国人从卡利卡特迁居到科钦，并定居于此。大约在公元 1350 年至 1450 年，中国人把渔网带到了这里……”

渔民连声喊着洪亮的号子，把硕大的渔网拉出水面，阳光温暖的色彩给天边涂上了一重温情。尽管网中常常是空无一物，渔民绵绵不绝于耳的渔歌声却一如既往地透露着满足和快乐。我们这几个缺少耐心的游客早已经有几分不耐烦地逗弄起海滩上的野狗来，不远处的鱼市上不知什么时候响起了喧嚣的叫卖声。待我们赶过去看时，形形色色的各种海产已经像变魔术一样不断涌现，渔民提着水桶、塑料盆不停地把各种海产倾倒在地上，南印度的“鱼米之乡”果然有办法不断送出天赐的惊喜来。旁边的老者喊着莫名其妙的口号，一边在小本子上写着龙蛇一般的字，不到几秒钟，地上的海产已经像自然博物馆的展柜一样，变换了无数的品种。看来这是一场相当正规的拍卖！我们完全不懂这些生涩的招数，经不住诱惑在旁边的摊档买了几只硕大的龙虾，请代客烹调的小店用盐水简单一煮，味道竟有不可言说的美妙，完全不需要仰赖调料的添枝加叶。想来，此地只要花几十块钱就能大快朵颐的“龙虾大餐”如果放在北京，还不得堂而皇之地卷走腰包里厚厚的一摞百元大钞？

我们雇用的那个黑瘦的小个子司机和他的“摩的”及时出现了——他因为迟到笑得十分羞涩。一大早要带我们去的竟然是生产生姜和胡椒的香料工厂！

在大航海时代，喀拉拉邦因盛产香料而享誉世界。这里出产的

晾晒生姜的晒场。（印度 科钦）

胡椒、小豆蔻、肉桂、丁香、罗望子、姜黄等，至少在两千年前便已名扬四海。在早期，以色列人和阿拉伯人通过陆地和海上贸易从印度贩运香料到欧洲，最初香料售价竟比黄金还贵。到了15世纪末，大批欧洲人绕过中亚和阿拉伯，直接跨海来到印度南部，逐渐形成了一条著名的“海上香料之路”。当时科钦是世界上最重要的港口之一。最先来到喀拉拉的是葡萄牙人，之后，荷兰人、法国人、英国人接踵而至，并为印度香料买卖的庞大利益大打出手，掀起了著名的“黑胡椒战争”。

科钦最古老的欧洲建筑是建于公元1503年的圣弗朗西斯教堂。据历史记载，葡萄牙人达·伽马是第一位发现印度的西方人。公元1498年，达·伽马率领的船队抵达了科钦北部的卡利卡特，并满载着香料和财宝返回了里斯本。公元1524年4月，达·伽马第三次来印度，染疾后死于科钦。

公元1405—1433年，郑和奉明廷之命率领船队七次出使亚非30多个国家和地区。在郑和七下西洋期间，喀拉拉邦是船队重要的中转站，其中到达古里（即科钦）七次。当年的阿拉伯旅行家伊本·巴图塔在他的游记中用大量的篇幅赞扬了中国的富饶。进入卡利卡特和科钦的中国船队大若城市。船上装着青白瓷器、绸缎、茶叶、药草和生姜等都是交易的热门货，印度商人则多以胡椒作为交换物。英国著名经济史学家安德森·麦迪逊估算：“郑和下西洋时期，中印两国的贸易额占了全世界贸易总额的一半以上。”航海历史上的这一壮举，要比哥伦布发现美洲大陆早了70多年。公元1433年4月郑和第七次下西洋。船队在从东非回国的路上，郑和不幸身染重病，病殁于古里，享年62岁。

这里就是鼎鼎大名、在圈子里四海皆知的科钦国际香料期货交易所。（印度科钦）

进得如今当地的香料市场庭院，只见地面上铺了厚厚的大块生姜，汗流浃背的工人用粗黑的手指在上面撒着厚厚的石灰；翻晒姜块的仓库里，浓烈的姜味熏得人几乎睁不开眼；二楼的作坊里，一群叽叽喳喳的印度妇女正在做着芒果腌制的泡菜，味道实在不敢恭维。在几条街以外，大名鼎鼎的科钦国际香料期货交易市场的办公室里，却只有密密麻麻的电脑和优哉游哉的几个大男人，见不到半颗胡椒的踪影。

司机又开着他的小摩托风驰电掣地带我们去参观当地的洗衣房，一眼望不到边晾晒着的各色衣物和人声鼎沸的洗衣槽背后只有一句台词："这是印度最低种姓——首陀罗从事的职业。他们每日浆洗、漂白着无数的床单、衣裤，再把椰子壳烧成的黑炭放进老旧的生铁熨斗，把衣服铺开、熨平，打包送往家家户户。其他三个种姓的印度人，即便再穷，也不会动手做这样的活计。”

我有点诧异地看着他们脸上满足的笑容，觉得这比昨晚在当地剧场里看的神鬼剧里的台词更加高深莫测。在我们看来，这快乐和满足来得简直匪夷所思，是尘世间的我们所没有的。

旅行是人性的试金石

我以前主持过一项消费者行为调研工作，得出的结论是中国旅行者最爱目的地是欧洲。但是从我后来带团去欧洲的亲身体验来看，中国人对欧洲的观感和心理感受非常尴尬而有趣。

旅行开始时，他们会小心翼翼地提防导游带他们去购物逛店；三天后，他们会希望导游带他们去购物，但仍然对价格里是否有水分充满疑虑；到行程结束的时候，他们甚至会抱怨导游带他们去购物的次数不够；到机场的时候，明知道免税店的价格高于市内很多，他们仍然会买很多国内也有的东西，原因是“比国内便宜 100 多块”。所以，中国人在欧洲等地方的个人消费是世界第一。

相应的，欧洲人也都知道这个事实，他们对中国旅行者的反应也很有趣。有一次，我在一个非正式的酒会上会见法国酒商协会主席和法国旅游界的朋友。酒过三巡以后，法国人抛弃了假斯文的伪装，开始跟我说实话了：“我的朋友，中国人喝酒（他指的当然是法国人引以为傲的红酒）的方式简直是糟蹋法国的酒，请原谅我的直率（看来他并没有真正醉倒）。他们不闻、不看、不品，也不会听我们的品酒指导的讲解，顶多是理解性地点点头，然后就一饮而尽！好像他们的目的就是喝醉一样！我真的不明白，这样做有什么乐趣呢？而且他们似乎每天都要喝醉，每天都要喝自己从中国带去的白酒！”我正准备和他讨论一下文化差异，说说中国文化中酒仙所代表的安全感以及社会地位，再说说这个心理和希腊酒神狄奥尼索斯所代表的意义有什么不同。可是没等我开口，老兄猩红的大脸上泛起一丝狡猾的微笑：“就让他们糟蹋我们的酒吧，我们不介意。”

在另外一个酒文化推广会上，意大利的一个酒商对法国人的态度做出了补充。他当时也喝了一点酒，并且了解了中国的观展者如何把品酒会变成免费的买醉场所。我本以为他要发出和法国人一样的叹息，因为意大利人的散漫远比法国人所谓的“浪漫”有水准得多。所以作为一个产酒大国，意大利有理由对中国饮家的方式表示出更大的不理解。但是事实却是，他说完“中国人为什么只糟蹋法国的酒？”，突然，话锋一转（他转得比法国人要快很多，说明他对酒被糟蹋一事似乎更加介意一些，心中的阵阵隐痛，让他不忍多谈这事）：“法国人懂什么酒文化！他们有 40% 的出口酒是从意大利购入的桶装酒，然后在法国装瓶、贴上‘Made in France’的标签而已。还有，他们还把所谓‘新酒’博若来（Beaujolai snouveau）向世界推广。这种没年头、没阅历的东西简直就是葡萄汁！他们只不过是比我们意大利人更懂推销！”言下之意当然是意大利的酒更好、品酒应该去意大利之类。

中国人在欧洲如何饮酒这事我也有所体察，这个不必多说。其实这也无可厚非：为什么一定要战战兢兢地按照别人的标准行事呢？

据相关统计，世界上年轻人中酗酒比例最高的地方其实在北欧，女性甚至高于男性。他们根本说不着我们什么。欧洲的酒文化的确从古代希腊的神话开始，有非常久远的渊源，对于普通的中国人来说要一下子理解非常困难。况且旅行本应该是轻松的事情，干吗凡事都要一本正经拽教条？我们没有理解，欧洲人应该自己找原因：你们为什么没有做好宣传，找一个轻松易懂的方式传授给我们呢？

不过，中国人从小接受的教育使得大多数人对陌生世界不能打开心胸尝试。这的确是妨碍我们享受和体会旅行乐趣的一个障碍。有欧洲旅行经历的人都能体会到，中国人到了欧洲，总是有意无意地把所见和国内的同类事物做比较，却很少探询和理解文化现象在本地的渊源。他们在漫长的应试教育中学到的规矩太多，掌握的分析方法太少，大学毕业了却往往没有掌握享受旅行所应该具备的基本文化背景和思维方法。在旅途中，“学习能力”不是用来考试的，而是用来迅速融入当地生活。况且很多事情根本没有标准答案，对于已经习惯按照国内思路来行事的中国人来说，当然会感到无能为力：反正也搞不懂，索性不搞！结果当然是旅行乐趣大打折扣。对于很多西方人津津乐道的事情我们带着门外汉的尴尬和羞涩站在一边郁闷，或者压根无知无觉。

其实，旅行的乐趣在于出发前的准备、旅行中的体认和享受，还有归来后的分享。这个过程很大一部分来源于乐趣，包括好奇精神和现场实践。但是，中国人太忙，或者说得明白一点，“穷人没有闲工夫”。我们哪来那么多时间和兴趣学习和挣钱不相干的东西？丧失一部分旅行乐趣是必然的。如果导游专业一些，替我们读书，再把这些背景消化了，用中国人能接受的方式传达出来，我们倒是愿意一听，也能自得其乐。不过遗憾的是，旅行社的潜台词是：“游客只认低价，我们应付价格战还忙不过来，我们哪来那么多时间和兴趣学习和挣钱不相干的东西？”

所以这个是“双输”，而不是“双赢”的“价格对攻”，旅行的观念注定了我们只能走马观花。似乎没有谁应该单方面对这种大家都不愿意看到的倒霉现象负责，一时也很难找到捷径解决这个问题。唯一的出路是如果旅行者能够在出发之前做些功课，多掌握些区分旅行产品质量的基本方法，也许能玩得更明白、更快乐些。

但是，那句话又蹦了出来：我们哪来那么多时间和兴趣学习和挣钱不相干的东西？

当然，我们也可以用另外一些事实来自我安慰。在约旦和叙利亚的陆路边境，有一家免税商店，很小的一家。我在店门口和一位很专业的约旦导游聊过类似的话题。他说：“你知道吗，日本人在这里买什么？日本的西铁城手表，日本的糖果，还有日本的金枪鱼罐头！他们简直就是跑国际贩运的！”

不光是我们，很多操着不同语言的游客也一样。他们买了很多自己并不喜欢，也不能留下什么旅行记忆的东西，原因是他们不懂得选择，也没有足够的故事告诉他们应该如何选择，只能像刘姥姥一样莫名其妙地面对一大堆新鲜事物。

我曾经认识一位法国旅游局中国区的首席代表。他之前在法国旅游局日本办公室供职多年。当我们谈到关于中国在欧洲的消费行为调查的时候，他告诉我他做的调查更专业，也更有趣。

日本去法国的游客当中，比例最大的是两类人。一类是老年女性——她们一生都过惯了家庭主妇的清静生活。有一天，老伴退休

赫尔辛基的码头市场。（芬兰　赫尔辛基）

了——他们做了一辈子生活异常规律的上班族，除了工作其他什么也不懂，退休以后百无聊赖，只好每天招朋引伴把酒聊天，弄得家里乌烟瘴气、无比喧闹。老太太们受不了了，找几个姐们飞向向往已久的法国。另一类是刚结婚的青年夫妻。男的一方的情况和上面那一类人差不多，上班族、工作的奴隶；女的呢，则是时尚文化熏陶下成长起来的，对小资情调或者波西米亚之类的东西颇为谙熟。所以到了欧洲，老公简直就成了 Sitting Duck（翻译成中文，意思和“外行”、“菜鸟”类似）。他们处处无所适从、无能为力，点菜的时候他们只能看看邻座的法国人，对侍者说：“To the same（来一样的）。”老婆当然觉得很没面子、没乐趣。最惊人的结果是，法国佬居然统计出了这样的夫妻从法国回去后的离婚率！具体的数字我不记得了，总之是比同类夫妻高。

“旅行是人性的试金石。”如果想了解一个人的人品、品位，最好的方法是和他一起旅行，想来这样的结果也颇有其合理性。日本的家庭主妇倒是蛮懂选择的。

意大利的斯佩罗，被当地人叫做「世上最美的小镇」。在这里，你可以慢慢走路，做一只时光里慵懒的猫。（意大利 斯佩罗）

一部不完美的相机和一次不一样的旅行

带上一部不对路的相机旅行，就好像跟一个永远不合拍的旅伴儿一起上路一样，是个噩梦。偏巧这次去缅甸，我就带了这么一部相机，而且有几分故意。

以前一直是用那部佳能350D，像个老朋友、旧相识，也像iPod里头总装着的喜欢的曲子，彼此有一种默契。摄影包里还装着广角、中焦和长焦三只头，不论是站在河对岸偷拍洗澡的水牛，还是脸对脸地抓拍山羊打架，都不是问题。

偏偏这次，我想改变一下拍照的姿势，改变一下旅行的节奏。因为一直觉得自己以前拍得太快。

这里有一个说不清、道不明的情结。其实，是我们活得太快，让我觉得那种生活方式，不仅仅剥夺了人们的健康，也剥夺了人们的灵魂。我们为什么旅行？不就是为了从钢铁怪兽一样的工业社会齿轮上跳脱出来，自己支配自己的身体和心灵，哪怕只是短短几天？“那几天是属于我的！老板来电，老子不接！”相信你可能也这么

很多城市孩子的儿童时代是在屏幕前面度过的，这个缅甸少年的儿童时代则是在牛车上度过的，背景是苍茫的大海。（缅甸 纳帕里海滩）

对自己说过。

带上相机去旅行，你想拍下的，实际上也是自己生命之钟的滴滴答答——那些分分秒秒，我的心曾经自由过。

所以，渐渐明白了远远地拉进镜头的很多没有故事的瞬间，是因为自己没有用心去看过的风景。那些风景真的是钟表一样空洞地看着我的，遗憾的是眼睛。更遗憾的是，我是在走过了半个地球之后才明白的，已然空留荒芜一片。

于是我冒险，决定只带一个小小的，装着 28mm 定焦镜头的相机上路，因为我要和这个世界认真聊一聊。

如果这样的相机不能留下的，索性让它错过。给旅行留下遗憾。

姜太公能耐心地钓鱼，是因为他不需要靠钓鱼来谋生。缅甸男人的这份安然和姜太公有几分相似。（缅甸 纳帕里海滩）

用文字去填补；给读者留下些空白，让想象飞吧。

到缅甸的第一个晚上，我就后悔了。这部适马 DP-1，在低光环境下的表现的确差强人意。面对夜色里闪烁着微光的大金塔，它的视线模糊一片，只有 ISO50 的感光度拍出来的片子，稍微令人满意。但是这样一来，多数片子还是因为轻微的手震显得迷离而诡异。没办法，只好坐下来，装上事先准备的“八爪鱼（小型三脚架）”，而且每一张都要用自拍模式。这一坐，镜头下的世界，为之改变！

庙里的缅甸人，一如大溪地的高更，菩提树下的佛陀，就是这么慢性子地坐下来，享受他们没有一丝牵挂的宁静。这一坐，我感到自己真的不再是个行色匆匆的游人，不再是个急不可待消失在路之尽头的过客。相机就那么静静地待在那儿，发出自拍计时器轻灵的滴滴声。它不再是在抓拍，而是在放任自己与路过镜头前的人邂逅，拍下什么全凭天意安排。不能控制的拍摄，如同不假思索的旅行那么自然。

原来，姜太公是这么爱上钓鱼的。

在伊洛瓦底江的渡船上，在乌坪桥的落日里，我也不止一次地因为没有长焦可用而恨得牙根痒痒。但是，时间从不为凡人的愤怒而动容，这世界上就是有不得不听任它流走的美好瞬间。原来，只有在不能拍下的时候，我才真正学会了去用力地看、呼吸、聆听和感觉。太太看着抓狂过后的我说：“脑海里的照片，最美。”

留些时间，给那些人——那些你本来只会拍上一张照片，连“你好”和“再见”也不会说的路人。留下一个微笑，留下一个故事，他们给你的往往是最好的礼物。

老朋友卡帕，我想有空的时候去看看你的墓，因为你说过“你

一大早，海滩上等待渔船返回的人群就已做好各种准备。（缅甸 纳帕里海滩）

拍得不够好，是因为你走得不够近”。

我的老朋友350D，我想你一定在嘲笑我：DP-1小朋友能做到的，我都能做到；他做不到的，我也做得到。你为啥这么刻意？为啥这么自虐？何苦呢！

是哦！但是不这样，我不会像今天这样觉得你好，不会像今天这样懂得坐下来看这个世界有什么不同。有时候，我甚至觉得“摄影旅行”是不够完整的旅行，躲在镜头后面观看，是那么不够投入。一旦你拍完了照片，心底里会有种暗示冒出来，好像已经完成了某种任务，而完成就意味着离开。不完美，则意味着多一秒的停留。这一秒，可以改变很多事、很多心情，至少，有可能让你多拍一张

在与大海的对决中，渔船总有败下阵来的那一天。（缅甸　纳帕里海滩）

照片，而这最后一张上的瞬间，也有可能就是“决定性的一刻”。

老朋友布列松，在那儿吃吃地笑了。

“我们为什么旅行？不就是为了从钢铁怪兽一样的工业社会齿轮上跳脱出来，自己支配自己的身体和心灵？”

我不要那种拍完照片就走人的感觉。我拒绝把自己从老板那里解放出来，又交给流水线上生产出来的相机支配。我情愿把自己、时间、生命的微小部分，交给微笑的缅甸放牛童。

绿色的旅行，是除了脚印什么也不要留下，除了照片什么也不要带走。而我的旅行，除了脚印还要留下一声“你好”或者“谢谢”给陌路人，除了照片还要带走他们的浅笑声。

怀旧与旅行

怀旧，说明你开始老了。常听人这么说。

也许是吧。其实怀旧没什么不好，如果你有旧可怀。陈升在一首歌里唱道：“过去的日子，好像都比较快乐。”记忆这东西就是个狡猾的逃遁者，总是条件反射地删除不快，留下美好。就像旅行归来六个月以后，翻看当时拍下的瞬间，看着看着，就觉得自己在旅途的当下，其实已经是个胆小鬼。值不值得拍下那个瞬间的取舍，

总围绕着“将来能否带回美好回忆”这个分别心绕圈子，兜兜转转，粉饰着人生。

阴郁不快的回忆，其实片刻都没有真正离开过我们。它们只是被隔离、封存在记忆的“缓存区”里。一个个防卫严密的小小文件夹，装满着短短的不甘与不快，挥之不去，好像拖慢电脑运行速度的冗余数据，让人慢慢没了朝气，让生活慢慢没了灵动鲜活的实感，暮霭沉沉，心事重重，却又不知道真正妨碍你的，到底是什么。

但是有些回忆，不是能用简单的美好或者不快所能形容的。

一个曾经一起旅行的朋友去世了——我是很久以后才辗转听说的。现在回想起来有些心酸：其实她一直是个不一样的人。

第一印象，是她有洁癖。她总是把一切都打理得干干净净、整整齐齐。但是，她选来旅行的目的地都颇艰苦，颇受罪。她拿着颇高的薪水，又几乎悉数扔在路上。别人觉着她有不少值得夸赞的

东西，但她很少提起这些。她有时候倒是会跟我说：“嗨！我回来了，跟你说啊，那个哪儿哪儿真的挺有意思的……”不等我回话，又会说：“忙去了啊！挣钱，下次再去旅行喽！”

我们认识，是在大漠孤烟的约旦。她之前已经去过很多地方，之后，又去了伊朗、古巴、印度。

再之后，她突然去了一个再也回不来的地方。

《2012》这部电影上映的时候我想起她来，觉得她还真挺有远见。当时自己也曾经这么觉得：这一生不长也不短，刚好够用来好好看看这颗星球。

她没说过类似的话，因为她本来就是一个话很少的人。不过后来听说她又去了很多地方，而且每个地方好像都不适合洁癖人士去，想来她的行动已胜过千言万语。

其实她可能并不是能提前预见惨淡的未知，倒很可能是要每天

面对一个残酷的已知。

都说有残缺的人往往活得比常人更加振奋。在她身上，这是事实，至少她脚下的路，有异常人。

年纪轻轻便离开，有很多人遗憾：“多好的一个人！”我倒不这么认为，反而觉得她勇敢地爱她的生活，做过了想做的事情，比我们当中很多人都丰富。她也懂得舍却那些本来就留不住的东西，这样的人生虽然短暂却精彩无比。

地道的旅行者，任再美的地方恐怕也留不住他的脚步。其实这不过是我们不愿面对的另一个真实。每个人都在流浪，不同的只是形式。地道的旅行者，关心的从来不是自己得到了多少，而永远向往着自己还没亲临的远处。现在她要流浪到另外一重天地去继续旅行了。想说的，不过是又一句“再见”。

黑的刘海、白的裙摆，那一个温柔的胶片时代

是偶然，或者是因为经济危机，我最爱的一家图片社关门了。从我第一次迈进那家门店到现在，刚好 10 年。

是必然，但还是有点儿不舍。我最爱的胶片时代过去了。从我第一次带上相机出门旅行到今天，大概过了 20 年。

技术或者工艺，本没有感情，存亡天定，留下余味的是时光和交织的回忆。

我第一次单独旅行，是因为买了一架二手相机；我第一次挣到工资就开始攒着，为了买一架合手的相机。

在我念大学的那个小城市，我用的是“乐凯”——现在早已经消失的一种国产胶片。那个时候，城市里还有铁匠铺，还有驱赶着耕牛的农人，背景是大名鼎鼎的瘦西湖白塔。那个时候，坐着锈迹斑斑的渡轮漂过长江，总担心会和沉重的大客车一起沉入冰冷的河床。那个时候，春节放假回家的路很长。我登上去北京的列车之前，要先从绿皮火车的窗口，把去往株洲、广州和陕西方向的同学塞进

我工作之后拼命攒了一阵子钱，然后买了相机奔向西藏，那个地方给我的第一个启示便是：生活可以是任何样子，唯独不是你想象中的样子。（中国　西藏）

车厢；塞完同学，塞同学的行李；塞完同学的行李，塞陌生人的行李；塞完陌生人的行李，破口大骂："你谁啊！"

那时候，衣兜里总装着一架二手相机，但因为太吝惜胶片，太多琐碎的场景都没有拍下。

第一次走进那家图片社，根本瞧不上墙上挂着的国内大摄影师的签名作品，中意的是他们春节只放三天假。刚看了一本儿《安塞尔·亚当斯》，就把它借给帮我作图的技师。那书他后来没还给我——幸好他没还，不然我会嫌那书摆在家里占地方。我跟他们打交道是从争吵开始的，那时候总不满意他们印放的效果，占了他们店里挂着的那块"伊斯曼·柯达公司授权重印保证"牌子的不少便宜。

胶片时代的拉萨在我记忆中永远是一片绚烂。（中国　拉萨）

现在想想，根本没法计算当时用掉了多少底片。那时候每次出去旅行回来，第一个看到我拍的照片的总是他们。有半个地球的好照片，是从他们那几台装满有毒物质的机器里显影出来的。那个时候他们可以手工印放黑白片、拷贝正片、扫描反转、做反转负冲，可以给我很好的折扣……整个北京没有哪家图片社这么让我喜欢。

他们的店员每次看到我进门，都会高兴地叫我的名字。他们也都认识我太太，是从无数的照片上认识她的。“你们又一起去哪儿啦？”他们经常这样问。那个时候我太太重新剪了刘海，图片社的店员也会稍微评价一下。

图片社的店员们总记得我喜欢的印放风格，记得我喜欢用什么样的工艺，喜欢哪个牌子的相纸，喜欢印放成什么样的色调，连我

在拉萨，我总是起得很早，也总是会看得到什么是内心的平静。（中国　拉萨）

今天的午餐是什么？（中国　日喀则　扎什伦布寺大食堂门外）

一座城市的魅力，常常来自出现在那里的人，而非耸立在那里的建筑。（中国　拉萨）

不喜欢放大的照片留出白边都记得。但是直到我今天再一次坐了很远的车，又走出了汗，站在那间空空的、落了尘土、招牌褪色的小小的店面前，我都叫不出他们的名字。

胶片时代过去了。我一周上班六天，剩下一天常常早上五点起床，骑车一个小时去故宫大墙外拍照的时代过去了；我闻到胶片古怪的气味会莫名兴奋的时代过去了。我的第一部二手相机也送给了独自去西藏旅行的时候遇到的一个落魄的旅行者。我搬了家，楼下的冲像店姑娘问我："都什么年月了？谁还用黑白胶片啊？"不过，我太太还是抱怨理发店的新店员又毁了她的刘海，还是很喜欢那些印放成 10 英寸大小的照片："在电脑上看照片，总是有点不同。你再去那家看看吧！你不是还有很多反转没有扫描成数码吗？"

"伊斯曼·柯达"已经默默无闻，"伊尔福"早被人遗忘，"乐凯"简直成了传说。再过一段时间，人们也会听不懂买了相纸还要点数的那个笑话，我也不能熟练地再把胶片的齿孔塞进胶片相机的齿轮里去了，过去合上相机后盖扳动过片扳手的潇洒动作，现在有了一个新的名字：青涩时代的回忆。

一切都会改变，该发生的总会发生，就像时光注定流逝一样。我留下的旧相机越来越多，却仍然不舍得把他们卖掉。恐怕已经卖不掉了吧？这样正好。

刻经人的岁月。（中国 拉萨）

Epilogue

⑥

跋

旅行，不在于人，甚至不在乎风景，而是一刻心境，如见瑞兽珍禽，如历苍古变迁，有此一刻，足够值回这万里迢迢的颠簸辗转。

经济舱里的独角兽

有不少旅行者讨厌飞行，也有一小撮喜欢，比如年轻时候的我。当然，有很多事情，是只有在年轻的时候才消受得起的，所以，旅行要趁早。不过我要说的是怎么做，才能把路上的时光由苦变乐。其实你什么也不用做，倒是有很多事可以想想，比如一则名叫“雪夜访戴”的故事。

故事说的是一个叫王子猷的人在一个大雪纷飞之夜，突然想要去看他的朋友戴逵。

王子猷居住在山阴（今浙江绍兴市）。在那个雪舞如翎的冬夜，他从睡梦中醒来，打开窗户，命令仆人斟上热酒。他向外望去，但见天下一片银装素裹，于是起身，踱步徘徊，吟诵着左思的《招隐诗》。他忽然想到了戴逵，当时戴逵远在曹娥江上游的剡县，于是他立刻出发，连夜乘小船前往。经过一夜，王子猷终于来到戴家门前，却又欣欣然爽快任诞地转身返回。有人问他为何这样，王子猷说：“我本来是乘着兴致前往，今兴致已尽，自然返回。为何一定要见戴逵呢？”

当我乘坐的航班降落在雷克雅未克的小巧机场上，看见闪烁着宝石一般通透微光的大片鲁冰花海，还有此生颠沛周游中前所未见的饱满的夕阳暖色朝我涌来时，我的确在一个短短瞬间，能够和雪夜访戴的王子猷灵犀互通。旅行，不在于人，甚至不在乎风景，而是一刻心境，如见瑞兽珍禽，如历苍古变迁。有此一刻，足够值回这万里迢迢的颠簸辗转。

我曾经很喜欢飞行，觉得一次好的飞行，抵得上一半旅行的快乐。曾几何时，我觉得扣上安全带，才是宝贵年假最正确的打开方式。特别是那些安静、温暖，让人感觉仿佛时间停止、悬停在云端另外一个时空的穿夜飞行。

当你感觉可以把一切交给伟大的客机和可靠的专业人士打理，接受飞行提供的安静独处时空，其实飞行可以是一件很梦幻、很有建设性的事情，因为你可以尽情想象平时不敢、不会想象的事情，仔细梳理平时疏于理顺、受困于世相错综的情绪。把经济舱里的穿夜飞行，当成想象力和心理疗愈的平行时空，不也很好？让自己变成角落里、读书灯下唯一保持清醒的那个独角兽，未尝不是一件乐事。直到 MH370 事件的出现，悬疑的鬼爪，粉碎了这一切半真半幻的感受。穿夜飞行对我来说，不再那么温柔可爱了。至少对我而言，那飞行的轻盈感和期待心，揉进了让人难言的杂质，再也不同以往了。

你可以做几件趣事，比如关掉手机（这个要求未尝不是一个能让人改换思路、切换频道打开脑洞的被动福利）去聆听机舱娱乐系统里由航空公司事先挑选好的一张音乐专辑。因为没有争夺人气眼球的问题，所以他们的选择往往比较清奇。如果你平常喜欢摇滚，这时候不妨听听古典乐，甚至尝试一下曾经认为完全无法接受的歌剧。斯瓦希里音乐是什么鬼东西？印尼民歌是什么腔调？你的舌头也许喜欢日料寿司，但是耳朵听得惯琉球岛吗？关手机、带一部好的耳机上飞机，也算是我的旅行诀窍吧。也许在中国的 C 系列民航大飞机上线运行之后，手机不用关，在飞机上保持在线可能会成为新常态。这种“被动脱离日常”和“和习惯的生活保持一定距离”的旅行方式，估计会再次被打破。无孔不入的手机网络，注定要重新入侵机舱这块小小的“高空净土”，乘客们又会在空中的朋友圈里继续热络地婆妈显摆下去。用喧闹嘈杂和浮躁热络来交换“永不失联”的安全感，无疑是件好事，对吧？时睡时醒地穿梭于虚拟和现实世界，有点儿像被迫地读一本自己平时一直觉得值得却不想去读的书，算不算有效的补课和修心？还有，在到达目的地前的最后几个小时恶补一下因为拖延症迟迟没有动手钻研的当地信息，至少对泡海水、晒太阳之外的大多数度假都适用。

我和太太去过一次德国“童话之路”上的童话小镇——罗腾堡。说实话，德国式的现实主义童话小镇虽然在每个细节上都很到位，不过还是让人感到有种不明来由却也无处不在的寡淡……就好像大酒店一楼餐厅的煎蛋饼，没有一点儿烧焦的地方，而且每个蔬菜丁都新鲜水灵、切得大小一致、整齐划一，但是你美美地享用的时候，仍然不由自主地想往里面加点儿胡椒。有个来自美国的摄影爱好者跟我说：“今天拍得很有收获吧？你赶上了光线很完美的蓝色一小时（Blue hour），而且你趴着的位置简直棒极了！但是，你的摄影包放在一坨野猫屎上了。”整个小镇在那一刻突然响起了中世纪哥特式风格的圣母颂歌，教堂尖塔钟声四起，我还仿佛能看见几个唱诗班的小孩儿穿着白色有蕾丝花边的罩袍一边高声唱着“哈——里路亚”一边扒开下眼睑、吐出舌头冲我做着鬼脸。我识趣地用中文笑着按原来的曲调加上了一句“哈——里路亚！夕阳西下！钻戒就在背包下！”

旅行当中，意外撞腰的鸡毛蒜皮，总是比赶上教皇或者丹麦女王上街更让人兴奋，仅次于赶上本以为必定错过的不可改签的打折航班——这件奇事儿，我至今也没找到原因。

有段时间，我觉得自己在搭乘客机飞行的时候头脑最清醒，也最有写作的冲动和灵感。后来，我在一部 BBC 纪录片里目瞪口呆地看到，为了维持飞机在高空巡航和降落地面的过程里机舱内外压力差最小化，飞机往往在机舱内充入的空气量也要最小化，也就是说，只要乘客没有明显的身体感觉和缺氧症状即可。原来，我们在飞行的时候，只是比勉强不窒息稍微好过一点儿而已。

老天，我的那些在一万英尺高空写出来的短文，倚仗的居然不是灵感，而是缺氧幻觉。

还有些时候，我会对飞机即将落地的时候机舱里突然爆发出来的响亮掌声感到有些诧异。对机长的技术有点儿信心好吗？这样直白地赞美他多年习得的过硬技术，真的好吗？难不成，有人在飞行期间看见机长生病了或者喝醉了？难道是机械师或者空服人员在握着操纵杆驾机降落？

其实我当时还不知道，全世界有 10%—15% 的人患有“飞行恐惧症”。他们当中的症状严重者，甚至会在降落的时候窒息或晕厥。他们大老远飞来中国，冒着背过气去紧急送医的风险，不过是为了品尝一下重庆火锅，不容易的。鼓掌庆祝一下自己克服心理障碍，然后用火锅奖励一下合情合理。

Departures
08:29
Flight
Destination
Time
Gate
Status
New Time

旅行开始和结束的地方都一样，不同的只是当时的心情与那个刹那的领悟。

（南非　约翰内斯堡）

我们经常抱怨飞机餐没味道，难吃，嚼起来好像蜂蜡一般……但是你可能没有想过，也没有尝试过，在地面上吃飞机餐，味道要好很多。为什么？因为随着气压和含氧量的变化，飞行高度的上升，人类舌头上的味觉细胞会逐渐失能，也就是说尝味能力逐渐下降。这么多年来，我们可能错怪了飞机餐的厨师，或者说他们为航空技术在“征服”大自然的过程中造就的“负面体验”背了黑锅。

旅行不断破除偏见和成见的同时，也在创造着和呈现着“旅行造就的误解和成见”。

福斯特在他那本著名的《看得见风景的房间》里借着拉维希小姐之口说出了他自己的真心话：“我有个鬼点子：要出国旅行的人在出发前都让他们考一考，不及格的一律不许出门！”维多利亚时代的老英国式旅行观念，现在早已经进了乌托邦博物馆。不过我的确得承认，接触一些曾经完全未知的领域、观点和鬼点子确实是我“旅行心愿单”上的心愿。说不准我也属于“少数派旅行者”吧？说我是“经济舱里的独角兽”，我倒愿意当它是对珍稀物种的衷心赞美，不反感，很愿意接受。毕竟，我们经常过分跟随舆论，太少用到头脑，以致我们闲得长出角来，并不奇怪。

每个人都有自己的旅行心愿单，我也不例外。前两项可能还和绝大多数人如出一辙，走过多少地方踏过多少花海和泥塘之后，都不曾改变过。

第一名：无垠壮美的大场景，才能带来那种无边开阔的空间感。

第二名：不期而遇的那些个性鲜明有趣的人，才能点亮的性格小闪光。

第三名：让成见粉碎的新知识，让无聊挥发的鬼点子。

最棒的，是一次旅行遇到这三种奇迹。如果他们发生在同一天，那真是无法更美妙的仙境之旅。

之所以说这些七零八落，是因为有一天我面对窗外的某处海景——即将隐没的乌云四合的夜幕中的海景，突然萌生了奇怪的念头：假设有一天，虚拟现实技术和超高速轨道交通、超高速民航客机可以将旅行的奔波压缩到最小规模，比如“全球半小时到达”，甚至“蓝色行星全息卧游”，我们会不会像寻找手作柴烧的陶瓷器一样，向往去体验徒步亲临的“全真旅行”？大家会不会一边装模作样地哼唱着“从前慢，高铁和喷气机还要花去半个小时的时间……”，一边吐槽在旅行火箭上打发时间看的脱口秀节目笑点不够集中、烂梗太多？还是会变得更加膨胀炸裂，攀比晾晒起跨星系旅行来？纪念品嘛，估计还会是老一套的“手工艺品”。虚荣攀比的解药，到底在哪里才能找到？又到底，有没有这样的星系呢？

我们从旅行那里收到的最宝贵礼物，难道不是为了身处不同时空的陌生感和邂逅不同思想和灵魂的经历？以及旅途中遇到的那些好玩儿的出其不意？

图书在版编目（CIP）数据

悠长的赏云假期 / 郭子鹰著. —桂林：广西师范大学出版社，2019.1
（从前慢书系）
ISBN 978-7-5598-1388-6

Ⅰ. ①悠… Ⅱ. ①郭… Ⅲ. ①随笔－作品集－中国－当代 Ⅳ. ①I267.1

中国版本图书馆 CIP 数据核字（2018）第 259680 号

广西师范大学出版社出版发行
（广西桂林市五里店路 9 号 邮政编码：541004
网址：http://www.bbtpress.com）
出版人：张艺兵
全国新华书店经销
广西广大印务有限责任公司印刷
（桂林市临桂区秧塘工业园西城大道北侧广西师范大学出版社集团有限公司创意产业园内 邮政编码：541199）
开本：880 mm × 1 240 mm 1/32
印张：10.5 字数：160 千字
2019 年 1 月第 1 版 2019 年 1 月第 1 次印刷
定价：75.00 元